Sylvie Desrosiers

Les trois lieues

D1431181

la courte échelle

Les éditions de la courte échelle inc.
5243, boul. Saint-Laurent
Montréal (Québec) H2T 1S4
www.courteechelle.com

Direction littéraire :
Marie-Andrée Arsenault

Révision :
Sophie Sainte-Marie

Infographie :
Pige communication

Dépôt légal, 2ᵉ trimestre 2008
Bibliothèque nationale du Québec

La courte échelle reconnaît l'aide financière du gouvernement du
Canada par l'entremise du Programme d'aide au développement de
l'industrie de l'édition pour ses activités d'édition. La courte échelle
est aussi inscrite au programme de subvention globale du Conseil
des Arts du Canada et reçoit l'appui du gouvernement du Québec
par l'intermédiaire de la SODEC.

La courte échelle bénéficie également du Programme de crédit d'impôt
pour l'édition de livres — Gestion SODEC — du gouvernement
du Québec.

**Catalogage avant publication de Bibliothèque et Archives nationales
du Québec et Bibliothèque et Archives Canada**

Desrosiers, Sylvie

   Les trois lieues

   (Ado ; 45)
   Pour les jeunes de 12 ans et plus.

   ISBN 978-2-89651-067-2

   I. Titre. II. Collection.

PS8557.E874T76 2008   jC843'.54   C2008-940412-2
PS9557.E874T76 2008

Imprimé au Canada

Sylvie Desrosiers

Sylvie Desrosiers aime autant émouvoir ses lecteurs que les faire rire. Son chien Notdog amuse les jeunes un peu partout dans le monde, car on peut lire plusieurs de ses aventures en chinois, en espagnol, en grec et en italien.

À la courte échelle, Sylvie Desrosiers est également l'auteure de la série Thomas, publiée dans la collection Premier Roman, et de romans pour les adolescents. *Le long silence*, paru dans la collection Ado, lui a d'ailleurs permis de remporter en 1996 le prix Brive/Montréal 12/17 pour adolescents et d'être finaliste au Prix du Gouverneur général. Pour son roman *Au revoir, Camille!*, elle a reçu en l'an 2000 le prix international remis par la Fondation Espace-Enfants, en Suisse, qui couronne «le livre que chaque enfant devrait pouvoir offrir à ses parents».

Sylvie Desrosiers écrit aussi des romans destinés aux adultes, ainsi que des textes pour la télévision et le cinéma. Et, même lorsqu'elle travaille beaucoup, elle éteint toujours son ordinateur quand son fils rentre de l'école.

De la même auteure, à la courte échelle

Collection Premier Roman
Série Thomas :
Au revoir, Camille !
Le concert de Thomas
Ma mère est une extraterrestre
Je suis Thomas
L'audition de Thomas

Collection Roman Jeunesse
Série Notdog :
La patte dans le sac
Qui a peur des fantômes ?
Le mystère du lac Carré
Où sont passés les dinosaures ?
Méfiez-vous des monstres marins
Mais qui va trouver le trésor ?
Faut-il croire à la magie ?
Les princes ne sont pas tous charmants
Qui veut entrer dans la légende ?
La jeune fille venue du froid
Qui a déjà touché à un vrai tigre ?
Peut-on dessiner un souvenir ?
Les extraterrestres sont-ils des voleurs ?
Quelqu'un a-t-il vu Notdog ?
Qui veut entrer dans la peau d'un chien ?
Aimez-vous la musique ?
L'héritage de la pirate

Collection Ado
Le long silence

Série Paulette :
Quatre jours de liberté
Les cahiers d'Élisabeth

Consultez les fiches séries et les fiches d'accompagnement au
www.courteechelle.com

Sylvie Desrosiers

Les trois lieues

la courte échelle

*À Thomas, qui a déjà
compris l'essentiel*

Je tiens à remercier le Conseil des Arts du Canada pour son aide financière. Sans la bourse qu'il m'a octroyée, jamais je n'aurais pu écrire ce livre qui me tenait tant à cœur.

Avertissement

Vous entrez dans un lieu réel, l'île de Baffin, et dans un autre complètement irréel, le roman. Inutile de chercher les invraisemblances, les erreurs de parcours, les descriptions inexactes, les équipements improbables, les gestes irresponsables, les décisions impossibles, les affirmations contestables et les affaires qui ne se peuvent pas : il y en a à toutes les pages.

Un gros merci à Jacques D'Auteuil, arpenteur à Iqaluit, qui a eu la gentillesse de me fournir des cartes et des informations, tout à fait exactes celles-là.

SD

*Dans des temps très anciens, en Chine,
lorsque les armées impériales
en campagne ne pouvaient plus avancer,
épuisées à l'extrême, les médecins
chauffaient chez chacun des soldats un
point d'acupuncture situé près du tibia,
sous le genou. Ce point d'énergie,
une fois traité, permettait à l'armée
de reprendre la route et d'avancer
encore de trois lieues.
D'où son nom :
le point des Trois lieues.*

Prologue

Les trois voix

L'INCONNUE

Ni l'un ni l'autre ne me voit. Pourtant, je suis là, toujours, tout près. On peut presque me toucher. Si. Si on a les doigts assez sensibles, quand ils glissent sur moi, on peut sentir un velours, ou une fraîcheur, ou parfois une chaleur, le chatouillis d'une plume, le trait râpeux d'une langue de chat.

Si on a la joue assez réceptive, on peut frissonner sur mon passage.

Si on a l'oreille assez tendue, on peut s'arrêter de penser, tout bonnement, en entendant mon chant. Si le goût ne nous manque pas, on peut me goûter, parfois sucrée, parfois amère, parfois salée. S'il nous reste un tant soit peu d'odorat, on peut se soûler de mon parfum.

Si on a des yeux pour voir, on ne se lasse pas de mon éclat.

On peut même m'atteindre dans les rêves.

Je suis juste à côté d'eux. L'un a grandi dans mes bras, mais ne m'a pas encore vue. L'autre… l'autre m'a tant aimée, mais ne me regarde plus. Et pourtant, je les suis et les devance, sans cesse.

TOM

J'ai grandi très vite. Ayant toujours été trop grand pour mon âge, j'ai longtemps eu l'air d'un enfant retardé. Je me suis habitué à ces regards empreints de pitié que les gens avaient pour moi et pour ma pauvre mère, obligée d'élever un garçon apparemment handicapé mental. Je n'étais certainement pas au courant de ma force physique et je devais être une menace pour mes amis, si j'en avais bien sûr, et particulièrement pour ma mère, car elle était minuscule.

Elle aussi s'est habituée et a vite cessé de répondre aux questions silencieuses de ces gens en leur expliquant que j'étais un enfant normal, trop grand, c'est tout. On savait, elle et moi. C'était tout ce qui importait.

Cette solidarité complice nous a permis de faire face à tout, elle et moi. Même à la dérive de mon père à cause de l'alcool. Il buvait, on s'y est accoutumés.

Je suis né dans une famille dysfonctionnelle typique, qui est en fait la norme, et je suis devenu aujourd'hui à seize ans un jeune homme parfaitement fonctionnel. Comme un animal, j'ai développé un instinct de survie à toute épreuve, contrairement à un autre qui aurait grandi dans une famille aimante, douce, heureuse, avec des ordinateurs de nouvelle génération entrant dans la maison chaque année. Je suis donc très adapté à la vie ici-bas.

Je n'ai jamais tenté de montrer que j'étais plus intelligent que j'en avais l'air. Confusément, je savais que ça me servirait d'une manière ou d'une autre. La plupart des étudiants de mon école essaient de convaincre les autres qu'ils sont bien plus brillants qu'ils le sont en réalité. Ils ont l'air idiot. Comme moi. La différence, c'est que moi, je ne le suis pas. Pendant le règne de Pol Pot, au Cambodge, les personnes éduquées devaient agir comme si elles ne savaient même pas lire pour ne pas être assassinées par le régime. Je ne vais pas jusque-là, bien sûr ; mais je me suis aperçu qu'en cachant la partie qui pense de notre tête, la partie critique, on attire la confiance des autres. Enfin moi.

Ce que je dis n'est pas tout à fait exact. Pas toujours. J'exagère souvent. Des fois, je m'en rends compte, d'autres fois, non. Ma famille par exemple. Oui, vrai, elle était dysfonctionnelle, mais il y a eu de l'amour. Tout plein. Ma mère m'a donné des tonnes d'amour. Elle en contenait une réserve inépuisable et totalement écologique, sans aucun poison ou matière nocive pour moi et mon environnement. Le poison, elle l'a gardé pour elle.

Je ne me suis pas habitué à tout, non plus. Presque, mais pas à tout. Je ne me suis pas habitué à son cancer, à l'idée qu'elle allait peut-être mourir, rongée de l'intérieur, impuissante, gonflée d'un autre poison, les médicaments qui lui ont fait perdre son aspect minuscule. Je l'ai vue dépérir, courageuse, sans jamais croire à la mort. Elle a quarante-cinq ans. Sans âge, pour moi qui ai toujours eu vingt-neuf ans de différence avec elle. Elle ira à l'hôpital tous les jours, cette semaine ; dernier traitement extrême, dernier essai, dernier recours. Accroche-toi, maman. Si pleine de vie. Si pleine de mort.

La réaction de mon père à la maladie de ma mère a été immédiate : il est parti. Pas capable d'y faire face. Comme si c'était lui, le malade ! Il l'a lâchement laissée tomber. C'est ce que je comprends. Prétextant une occasion unique, lui, qui est sculpteur, s'est embarqué sur un bateau avec une mission scientifique. Pour le Grand Nord. Afin d'arrêter de boire aussi. Parce que là-bas, c'est «sec».

J'ignore s'il a réussi. Je m'en fous. Si je vais le rejoindre à Iqaluit, c'est parce que ma mère y tient. Elle dit que ça m'ouvrira un nouveau monde. Je sais que ce qu'elle désire, c'est m'éloigner de l'atmosphère morbide qui l'entoure et m'épargner son dernier traitement qui la rendra très malade. Je n'y vais pas pour lui.

LOUIS

Des mois sur ce bateau. Je voulais tant faire. Et puis, depuis des jours et des jours, je regarde les glaces brillantes me renvoyer ma propre noirceur.

Je n'ai rien réussi dans ma vie. Enfin, rien d'exceptionnel. J'ai voulu être artiste et j'ai choisi de devenir sculpteur. Le bois, le métal, la pierre, je les ai scié, tordu, taillée. Les techniques n'ont plus beaucoup de secrets pour moi. Pourtant les formes invisibles emprisonnées dans chaque branche, chaque tige, chaque roche ne se révèlent à moi que partiellement.

J'ai eu des succès, oui, j'ai même assez bien vendu mes œuvres pendant une période. Mais je n'ai jamais eu de génie. J'ai cru qu'en partant je serais peut-être inspiré. Que le grand vide blanc serait plein. Comme j'ai cru qu'en buvant j'aurais des illuminations. En croyant décupler mon talent à chaque verre, je suis passé lentement mais sûrement de l'amour de l'art à l'amour du scotch. Et j'ai perdu celui de ma blonde et celui de mon Tom, mon fils.

Quel fils?

Oui, je l'ai aidé dans ses devoirs au retour de l'école. Mais pendant qu'il me posait des questions de maths, je regardais l'horloge, impatient de voir les aiguilles indiquer dix-sept heures pour prendre ma première dose d'alcool.

Je n'ai jamais été violent. Voilà pourquoi, je pense, Anne m'a toléré. Elle m'a beaucoup aimé. Moi aussi. Elle était une bien meilleure artiste que moi. Était? Pourquoi est-ce que j'emploie ce temps? J'ai fui lâchement: je ne pouvais que lui être un poids dans sa maladie, moi, pauvre ivrogne.

Tom me hait maintenant. Il a bien raison. Et pourtant, je le fais venir à Iqaluit. Pourquoi?

Après des mois ici, j'ai encore et toujours soif.

Première partie

Tom, Tom, Tom, comme le bruit d'un cœur qui bat

Chapitre 1

La langue bleue

Il paraît que le cormoran à aigrette, lorsqu'il est amoureux, a la langue bleue. En admettant, évidemment, qu'un cormoran soit amoureux dans le sens qu'on l'entend chez l'être humain. Ce serait bien si ce phénomène de langue bleue était le même pour nous : on n'aurait qu'à sortir la langue devant le miroir pour savoir si on est réellement amoureux. Et les filles n'auraient qu'à nous ouvrir la bouche pour vérifier si on dit vrai. Ce serait plus facile pour nous que d'essayer de trouver les mots justes ou de mentir. Enfin, c'est ce que j'imagine. Moi, Tom, je n'ai jamais été vraiment amoureux. Mon père, par contre, a rencontré la femme de sa vie plusieurs fois. Et est passé à côté de la seule vraiment importante, ma mère.

Là où je vais, il n'y a pas de cormorans. Des langues bleues, par contre, sûrement ! Mais à cause du froid et non de l'amour.

J'ai regardé sur Internet ce matin et il fait moins quinze degrés en ce moment là-haut, dans le Grand Nord, le Grand Nul, comme je l'appelle en songeant à Louis. *10 novembre. Nuit noire à 15 heures*, à ce que j'ai lu. Population totale : six mille personnes, dont seulement trois cent cinquante parlent le français, incluant les bébés qui gazouillent et les vieux qui marmonnent. Un seul cinéma. Et de la roche. Bref, on est sur la Lune. En ce qui me concerne, je l'aime mieux dans le ciel, au-dessus de ma tête. Pourquoi est-ce que j'ai un père qui veut maintenant s'occuper de moi au lieu d'être indifférent comme il l'a toujours été ? Qui me donne la « chance », c'est lui qui le dit, de découvrir le Nord ?

La neige, je sais ce que c'est, je suis né dedans. Alors, c'est quoi l'intérêt ?

L'employé de la compagnie aérienne, au décollage, nous a avertis qu'il n'était pas du tout certain qu'on pourrait atterrir. Les vents sont trop violents. Si seulement ça pouvait être vrai ! Et qu'on fasse demi-tour. Et que je rentre dormir chez nous. Je gage que, juste avant notre arrivée, le vent va tomber. En plus, j'ai mal aux oreilles en avion. Quand on commencera à descendre, mes tympans vont vouloir éclater. C'est toujours pareil. Ça m'a enlevé le goût de voyager autrement qu'en auto. Et même là : quand on traverse des montagnes, j'en ai pour des jours à avoir les oreilles bouchées. « On va te mettre des tubes dans les oreilles, c'est pas compliqué, tu ne sentiras plus la pression », disait mon père. Alloooo ! En veux-tu, des tubes dans ta tête, toi ? C'est rien, on va juste creuser des beaux trous dans ton crâne avec une perceuse électrique ! Pour ce à quoi il sert…

J'ai souvent accompagné mes parents dans leurs voyages d'artistes. Un symposium ici, une exposition là. J'aimais beaucoup, surtout quand on se retrouvait dans la nature. J'adore la randonnée, d'ailleurs. Escalader des montagnes. J'ai une endurance de bœuf musqué, une agilité de vieille chèvre et un compas dans le front, ce que je préfère grandement aux tubes dans les oreilles. Quand je marche, que je monte à pied, les oreilles, ça va. Je suis peut-être condamné à parcourir à pied la terre entière. Avec un bon iPod, pas de problème.

C'est beau, quand même, la terre vue à onze mille mètres d'altitude. En ce moment, le ciel est clair, on voit la multitude de lacs du Québec, la couverture brune des arbres sans feuilles. Pas de routes. J'imagine les ours, les loups, les orignaux qui flairent l'arrivée de l'hiver. « Bon bien, bonne nuit », pense l'ours. « Nous autres, on a une bonne fourrure, pas les *zoufs* de chevreuils », ricanent les loups. « Pas encore cette affaire blanche-là qui va commencer à tomber ! » se plaint l'orignal. À moins qu'ils ne jouent aux cartes tous ensemble. L'ours : « Après cette main-là, je vais me coucher. » Le loup : « Va falloir que je redevienne prédateur, moi, si je veux rapporter à manger. » L'orignal : « Moi, si j'étais toi, je songerais à devenir végétarien, tu te ferais bien des amis. Donne deux cartes. »

Soupir.

Il s'en passe, des niaiseries, dans ma tête.

Un peu de sérieux. J'ai apporté mes maths 536 pour ne pas être en retard à mon retour. Ça étonne tout le monde que je fasse les 536. Les doigts dans le nez. Mais le français… Je trouve chanceux ceux et surtout celles qui aiment fouiller dans le dictionnaire ; des heures et des heures de plaisir dans les cours, à ce qu'ils disent. Je préfère de beaucoup fouiller dans les vêtements d'Élise. Dans mes fantasmes, car Élise ne permettrait jamais que mes mains s'approchent de son joli corps à moins de trois mètres. Elle a seize ans, elle aussi, ce qui fait que je suis beaucoup trop jeune pour elle.

Essayons de voir ce que le iPod… Oups !

« Retournez à votre siège, attachez vos ceintures, nous traversons une zone de turbulennnnnnnnnnce ! »

Aïe ! Méchante poche d'air ! Si je n'avais pas été attaché, je traversais le plafond au-dessus de moi et ma tête entrait directement dans mon sac de voyage et dans ma tuque. Une chance que je n'ai pas peur, contrairement à l'autre, deux rangées devant : ses mains sont si fermement agrippées aux bras du fauteuil qu'à l'aéroport ils vont devoir la sortir assise dedans. Elle a crié : évidemment, une fille. Mais celle qui m'a surpris, c'est la brunette, à la droite de la paniquée raide : elle a ri.

Brune, comme moi. Les cheveux raides, en bas des épaules ; les miens sont plus longs que les siens, mais ça paraît moins, car je les attache en couette que je cache dans mon chandail. Je ne sais pas pourquoi je les cache ; je dois aimer la sensation de chatouillement dans le dos. Revenons à Miss Brunette : pas très grande, elle semble plutôt enfoncée dans son siège. Elle a l'air boulotte. Je n'ai rien contre les boulottes. Je déteste les filles trop maigres. À mon école, la moitié d'entre elles sont anorexiques, c'est sûr. Tiens, elle parle avec son autre voisin, un Inuit de toute évidence : yeux en amande, cheveux noirs, teint foncé. Pas elle, une Blanche. Tendons l'oreille : j'ai mal, mais je ne suis pas sourd. Elle parle, ah bon, rien de connu. Ce doit être de l'inuktitut. Je ne sais jamais si c'est « inuktitut » ou « inuktituk », enfin, c'est déjà beau que je sache le mot.

L'habitacle de l'avion est séparé en deux par un mur. Devant, le chargement, derrière, les passagers. La stabilité, c'est pour les valises. On n'est pas très nombreux. Le contraire m'aurait surpris. D'ailleurs, à part Miss Brunette, il n'y a que des Inuits qui rentrent chez eux, je pense, et quelques travailleurs d'Hydro-Québec. En tout cas, les trois derrière moi qui parlent de travail depuis le départ.

Ça brasse en titi. Je n'ai pas peur, mais faut pas en mettre trop. Tout à coup qu'on plonge ? Et que le pilote réussit miraculeusement un atterrissage d'urgence ? Qu'il y a des survivants dont moi ? Et que pour ne pas mourir de faim, on doit manger les morts ? Ça s'est déjà vu ! Dans les Andes, une équipe de sport. Ils ont bouffé leurs amis pour survivre. Sauf qu'il y a les loups de tantôt en bas. Admettons que Miss Brunette s'en sorte indemne, comme moi, et qu'il faille aller chercher du secours après trois jours, car nous sommes impossibles à repérer. On va où? Merde! Je n'ai pas de boussole dans mon sac. Normal, je m'en vais dans une ville. C'est vite dit, mais c'est une ville pareil. Il va falloir se couvrir au max avec les vêtements des cadavres et partir dans l'inconnu. J'espère qu'il y a un chien dans la partie avant: ça se peut. Quoique je n'aie pas entendu japper. C'est vrai qu'on leur donne un calmant pour qu'ils dorment. Ça prend un chien. Peut-être une motoneige? Je ne sais pas si ça roule à l'essence d'avion. Sauf qu'on l'aura probablement perdue, le pilote l'aura déchargée dans les airs pour ne pas que l'avion explose sous l'impact. Brave pilote. Il aura tout fait pour nous sauver la vie. Pas de chance. Il faudra libérer le chien de sa cage rapidement, on ne sait jamais, le feu peut prendre très vite. Au moins, nous sommes en novembre, le feu ne risque pas de se propager dans la forêt mouillée.

Elle fait quoi, Miss Brunette? Elle panique ou elle me suit? Elle crie ou elle pleure? Ou elle est pratiquement née dans le bois et c'est moi qui la suis. Non, je n'aime pas cette avenue. Disons qu'elle est quand même sportive parce que je n'ai pas envie de la porter. Et qu'elle coopère très bien. Je sais faire du feu avec du bois, mais j'aimerais mieux qu'elle ait des allumettes sur elle. Est-ce que j'en ai dans mon sac ? Eh non ! Je ne fume pas. D'accord, elle a des allumettes, mais elle ne fume pas elle non plus parce que je déteste ça, l'haleine de cendrier. Elle a des allumettes d'urgence, c'est une fille prévoyante, une belle qualité, j'apprécie. Elle voit bien aussi, elle a même un talent exceptionnel pour voir dans le noir, parce que moi, je porte des lunettes et, côté vue, on est loin du faucon. Mais j'ai mon compas dans le front alors que, elle, pour l'intuition, c'est pas fort. Pas grave ! J'ai du sang cri et je sais, de naissance, interpréter la nature et les mystères de l'au-delà. Nous marchons, le sang coulant sur mon visage, je me suis coupé la tempe et je dois bander ma tête. Elle a une foulure, bon, je vais finalement être obligé de la porter, et un morceau de métal pointu de la carlingue s'est logé dans sa poitrine, menaçant de percer un de ses poumons à tout moment. Je ne peux pas le retirer, car il a une forme de harpon et je déchirerais sa peau. Vaut-il mieux risquer son poumon ou la faire souffrir atrocement en déchirant sa chair ? Pas de niaisage, on déchire. Après tout, j'ai une hémorragie et je ne survivrai pas longtemps

si on ne trouve pas vite du secours. Quoi ?
C'est moi qui ai mal, terriblement mal !

Pour de vrai, d'ailleurs. Aux oreilles. On
a commencé la descente vers l'escale de
Kuujjuaq.

Des épinettes rabougries. Des hangars. La
perspective de déménager ici me mènerait tout
droit à la déprime totale. Les trois quarts des
voyageurs descendent. Partie, Miss Brunette.
Nous sommes dix à rester dans l'avion. Je ne
peux pas croire que je vais me taper une autre
montée et une autre descente. Je vais devenir sourd ! Remarquez que selon moi c'est le
moins grave des handicaps. On peut toujours
communiquer par signes et par écrit. Mais
finie, la musique. Ça, c'est assez terrifiant, un
monde sans musique. Un monde sans batte-
rie qui vous cogne directement sur la testos-
térone et l'adrénaline, un monde sans *base* à
vous enfoncer le plexus solaire, un monde sans
guitare à vous tordre les trompes d'Eustache,
un monde sans voix à faire fondre votre *blues*.
Des fois, quand j'ai les oreilles bouchées,
j'entends mon cœur battre de l'intérieur et je
ne sais pas si j'aime vraiment ça : « tom-tom,
tom-tom, tom-tom », on dirait que mon cœur
m'appelle, insistant, et c'est comme si j'allais
me laisser absorber complètement, rentrer dans

ma poitrine. J'ai envie de fermer les yeux et d'être entraîné dans le grand vide que je sens en moi, alors que je sais, grâce au cours de bio, que mon corps est rempli d'organes, de veines, d'os, de muscles, de nerfs. Je me sens hypnotisé par ce tam-tam tribal, attiré par ce rythme qui s'accélère avec ma tension, et je me dépêche de penser à autre chose ou de marquer le rythme avec mes doigts sur le coin d'une table avant l'explosion de mes ventricules. Pourtant, mon cœur fait si peu de bruit. Je peux supporter un million de décibels de rock, mais pas le murmure intérieur. On est drôles. Tiens, retour de Miss Brunette qui rejoint son siège. J'espère qu'elle n'est pas allée fumer, quand même, je serais déçu.

On décharge, on charge, les gars ont l'air gelé, il vente à arracher les tuques attachées serrées et on a atterri pareil. Ça augure mal pour Iqaluit. Ça prend quoi pour virer de bord ? Un ouragan de force 8 ? En tout cas, ça ne ferait pas grands dommages ici, car il n'y a rien. Curieusement, les catastrophes naturelles surviennent toujours dans les endroits très habités. D'ailleurs, un endroit très habité est, je dirais, déjà une catastrophe naturelle, une catastrophe pour la nature elle-même. Elle se venge parfois, et a bien raison. Comme si elle pouvait décider… Ou elle décide et est plus forte que moi, en tout cas. Depuis qu'on a banni les pesticides sur le terrain de notre maison, la nature – appuyée par ma mère – s'acharne à me faire tondre le gazon plus souvent pour ne pas que ça paraisse trop qu'il est plein de mauvaises herbes. Ma mère et moi, on aime les pissenlits, mais, par respect pour les voisins qui travaillent fort à les arracher, on les coupe avant qu'ils se transforment en boules de barbe à papa régime minceur qui vont s'envoler et atterrir chez eux. Je ne chiale pas trop, car ma mère me paye pour tondre et couper. Je lui ai déjà demandé combien elle me payerait pour me garder moi-même ; elle m'a répondu : «Le même tarif que je vais te demander pour te nourrir et laver tes vêtements.» J'ai laissé tomber ma demande suivante qui consistait à recevoir un salaire pour nettoyer ma chambre.

Est-ce qu'on est ici encore pour longtemps, là ?

***

L'INCONNUE

Et si je me glissais dans la peau de Miss Brunette ? Ou dans cet arbre qu'il apercevra à gauche de la piste et où sera perché un corbeau dont le plumage brillera sous un rayon de soleil soudain ? Dans la prochaine pièce de son iPod ? Non, c'est trop facile. Seize ans, hum… L'arbre, je ne crois pas. Cela prend beaucoup d'entraînement. Tom est peut-être précoce ?

Il y a quelques années, je lui ai fait un clin d'œil : je me suis dépêchée de sauter dans un tableau de Jackson Pollock une seconde avant que Tom arrive devant. Je savais qu'il s'ennuyait dans cette visite de musée, tiré par sa mère, et que les grands maîtres hollandais, français, italiens devant lesquels elle s'exclamait l'indifféraient totalement. C'était une concession qu'il faisait dans cette journée musée où elle l'avait emmené voir celui d'histoire naturelle, avec dinosaures, animaux empaillés et roches lunaires.

Il travaillait sa courte patience d'enfant quand, soudain, il a levé les yeux sur moi et il m'a vue. Son œil s'est mis à briller, il a souri, s'est exclamé : « Bon ! Ça, j'aime ça ! » Il ne peut pas me nommer, savoir qui je suis, mais sans s'en rendre compte, dans cette étrange explosion de taches noires, c'est moi qu'il a découverte.

Je me suis dit alors que je reviendrais un jour.

Je ne repasse que lorsque j'ai vu au moins une fois une flamme jaillir dans un œil surpris.

* * *

Voilà, les moteurs tournent, on repart. Finalement, je ne déteste pas les décollages. Quand l'avion accélère sur la piste et lève enfin le bout du nez, je me surprends à m'avancer au bord de mon siège et à pousser du bassin comme pour l'aider. Comme si cela avait de l'effet. Niaiseux de même. Aider un avion : non mais parfois je pense que je suis bien moins intelligent que je crois.

Voilà, ça y est, ça vrombit, ça va de plus en plus vite et çaaaaaaaaaa décolle ! Le hangar rapetisse à vue d'œil, on entrera rapido dans les nuages et bientôt je ne verrai plus ni la terre, ni cet arbre à gauche, là, oh, un rayon de soleil, quelque chose brille, je ne sais pas quoi, trop loin. Enfonçons-nous dans le siège : encore une heure.

Bon, allons aux toilettes, ça passera le temps.

Question : comment font les gros pour se retenir lors d'un long vol ? Les toilettes d'avions peuvent accueillir les poids santé seulement, et encore : les poids santé limite basse. Ça va où, les restes de table des humains ? Dans les airs ? J'espère que ça se désintègre avant d'arriver sur la tête de quelqu'un en bas. Cette cabine à urine a tout pour que vous ayez envie d'en sortir ; rien à voir avec l'unique salle de bain de chez moi où s'empilent les catalogues des quincailleries — lecture favorite de ma mère — et où les noms de personnes célèbres alignés sur le rideau de douche donnent une justification pour rêvasser. On fait couler l'eau. *Oh my !* J'ai presque été aspiré vers l'infini tellement il y a de la pression. Qui sait si certains passagers ne sont pas disparus ainsi ?

Retour des toilettes. Marchons en nous tenant aux sièges, ça brasse encore pas mal. Oups ! Faux pas, déséquilibre et dangereuse inclinaison qui m'entraînent à l'horizontale. Mais c'est que j'ai failli m'étendre de tout mon long sur Miss Brunette !

— Excuse-moi.

— Ça va, dit-elle avec un sourire délicat.

— Je... je n'ai vraiment pas fait exprès.

— Je ne verrais pas pourquoi.

Oh ! Je ne m'attendais pas à ce genre de réponse.

— J'aurais pu imaginer ce truc pour faire connaissance.

— Ça aurait été original : jamais un garçon ne m'est tombé accidentellement dans les bras.

— Je vais retenir l'idée, ça peut servir.

Elle me détaille de haut en bas.

— Choisis quand même une fille assez forte : tu es grand !

— Entendu.

Elle se tait. La conversation s'arrête ici. Je ne trouve plus rien à dire.

— Bon, je retourne à mon siège. Salut.

— Salut.

Je n'avais pas remarqué, mais elle a un petit quelque chose d'intéressant. Ce doit être son nez : il est croche.

Trente minutes plus tard, nous atterrissions, sans douleur aux oreilles, alléluia !

Dix minutes après, les bagages arrivaient sur le carrousel.

Cinq minutes encore et tous les passagers disparaissaient. Miss Brunette était déjà partie avec un homme d'un certain âge, son père j'imagine.

Quant au mien, il n'était pas là.

LOUIS

J'ai débarqué du bateau en septembre, à Resolute, et j'y suis resté jusqu'à ce que la nuit polaire recouvre tout. J'ai pris l'avion jusqu'à Iqaluit. C'est là que j'ai décidé d'acheter des sculptures inuites, pour les revendre dans le sud. J'en tirerai un beau profit. Si je ne peux être qu'un artiste peu coté, aussi bien vivre du travail des autres. Ce sera plus facile et plus payant : les intermédiaires ne sont pas connus, mais ils vivent bien.

J'ai fait les arrangements pour Tom. Et j'ai repris l'avion : Pangnirtung, Qikiqtarjuaq, Clyde River, Pond Inlet. Retour à Iqaluit avec de véritables trésors que j'ai obtenus pour si peu cher. Me voilà négociant véreux. Suis reparti vers Cape Dorset. De là, impossible de revenir, trop de brouillard. J'ai trouvé un bateau de scientifiques fêlés qui cherchent des microbes préhistoriques dans des glaces millénaires. On a longé la côte sud-ouest. La glace se forme. Pendant qu'ils mesuraient tout, j'ai tenu dans mes mains un bloc de stéatite, de la vraie belle pierre à savon, d'un vert clair, du jade, et j'ai cherché longtemps la forme cachée dedans. Mes mains voudraient la tailler, mon cœur ne voit plus rien.

Débarqué à Kimmirut. Pas de vols. On ne sait pas pour combien de jours. On ne sait jamais rien du temps qu'il fera, ici. J'ai décidé de partir à pied. J'en ai pour une semaine à traverser le parc jusqu'à Iqaluit. Il y a longtemps que je veux le faire, voici l'occasion, même si je ne dispose que de sept heures de clarté par jour. Avec un peu de chance et de température clémente, je serai à Iqaluit pour recevoir Tom. Il verra que je ne suis quand même pas si incapable que ça. Au fond, j'ai bien envie de l'impressionner par cette difficile randonnée au milieu de nulle part : les exploits physiques en imposent aux garçons.

Quand il était petit, il passait un nombre surprenant d'heures dans mon atelier. Il jouait avec mes outils, m'aidait à travailler la glaise qui servait au moulage de mes sculptures. J'ai laissé chaque empreinte de ses doigts minuscules, chaque trou creusé par erreur, chaque sillon accidentel, chaque forme géométrique qu'il y imprimait. Cela ne plut guère, comme les dessins d'enfants affichés sur le frigo ne sont des traits de génie que pour les parents.

Nous avons été liés en faisant. En fabriquant. Thomas avait hâte de grandir pour frapper à son tour à coup de masse dans du métal, à coup de hache dans une pièce de bois, à coup de muscle pour arriver à ses fins. Le résultat comptait peu : il admirait ma force physique.

Et puis ce fut la longue descente.

Un fils peut-il aimer son père ? Impossible s'il ne l'admire pas.

Chapitre 2

Un chien blanc
dans la neige

Dans les années 1950, les Inuits du Québec ont assisté, impuissants, à la tuerie de leurs chiens, organisée par les gouvernements sous prétexte d'enrayer la rage. Cette tuerie coïncidait étrangement avec la promotion d'une nouvelle invention, la motoneige. D'où la nécessité, donc, d'établir des postes d'essence et, bel adon, de vivre à côté, ce qui équivalait à se sédentariser. On ne peut pas demander à une motoneige de nous ramener à la maison. De nous avertir et de nous défendre si un ours approche. Ni la manger pour survivre.

C'est en attendant à l'aéroport que j'ai appris cela dans un vieux magazine. J'ai eu un chien : il est mort de vieillesse. J'ai grandi avec lui et il paraît que j'ai commencé à marcher en m'agrippant au poil sur son dos. Est-ce que j'aimais mon chien ? C'est sûr ; pour moi, il faisait partie de la maison. J'ai pleuré quand il est mort.

J'ai écrasé bien des fourmis et arraché de nombreuses pattes aux araignées quand ma mère avait le dos tourné. Mais enfin, jamais je ne ferais de mal à un vrai animal : les maringouins n'entrent pas dans cette catégorie. J'ai un lapin qui n'en finit pas de vieillir et dont je ne m'occupe pas. On lui dit souvent qu'il sera délicieux, à la moutarde, à Noël, en blague. J'espère qu'il ne comprend pas ! On ne sait pas, après tout. Quoique de la moutarde, il n'en ait jamais goûtée, donc, même s'il comprend, il ne peut pas comprendre. Je l'ai surnommé Bob Les Oreilles car, nul doute, c'est lui qui a les plus belles de la famille !

Cette histoire de massacre m'a donné mal au cœur. L'horreur complète. Le massacre planifié. Comment pouvait se sentir un homme qui rentrait chez lui en disant : « J'ai tué deux cents chiens aujourd'hui » ? Indifférent, probablement. C'est ça le pire.

J'ai fermé le magazine, puis j'ai lu vingt fois l'affiche géante qui avertit du danger réel des ours polaires en terre de Baffin : ici, ce n'est pas du folklore et on dit qu'il ne faut jamais s'aventurer loin dans la nature sans un fusil. Merveilleux ! Décidément, mon père me gâte. Une vipère des neiges avec ça? Une tarentule à fourrure? C'est décidé: je resterai au centre-ville, si une telle chose existe au nord du soixante-troisième parallèle. Ensuite, j'ai essayé cinq fois de prononcer silencieusement le mot «bienvenue» écrit en langue locale et, enfin, je me suis tanné. Je suis parti tout seul à l'hôtel dont ma mère avait noté le nom sur un papier qu'elle a mis dans ma poche, au cas où. On ne s'abonne pas aux *Débrouillards* au primaire sans que ça laisse quelques traces.

Quand j'ai poussé la porte de l'aéroport, je suis entré dans un univers inconnu en même temps que dans le taxi.

— Je parle français, mon gars. Tu vas où?

— À l'hôtel Iqaluit. C'est loin? Ça va coûter cher?

— À Iqaluit, rien n'est loin. Et ici, peu importe où tu vas, le taxi coûte toujours le même prix, que tu ailles à deux coins de rue ou à dix.

— Bizarre.

— Bienvenue dans le Grand Nord. Tu veux faire un petit tour?

Le monsieur veut amener le garçon faire un tour de machine? J'ai beau être grand, je me demande, on ne sait jamais, je ne le connais pas.

— C'est comme tu veux ; je te laisse ma carte, si jamais tu as envie du tour de ville complet, je te fais un bon prix.

Mon chauffeur est costaud, a le crâne rasé, une moustache grise genre porc-épic, un tatouage dans le cou, mais a l'air gentil.

— Tu vois l'édifice, là ? C'est la prison. Petits délits. C'est le seul endroit sur terre où les prisonniers ont droit au port d'arme et pas les gardiens.

— Impossible !

— Les Inuits ont le droit de porter leur arme et de sortir chasser quand les caribous passent dans le coin.

— Ils doivent se sauver, non ?

— Pour aller où ? Quand la chasse est terminée, les détenus reviennent tranquillement finir leur temps.

Normalement, je penserais que le bonhomme me raconte des histoires juste pour me voir la face et dire à sa femme : « J'en ai encore eu un aujourd'hui. » Mais le fait est que j'ai envie de le croire. J'ai envie de croire que tout n'est pas partout pareil. Qu'il existe des réalités défiant toute logique : que ma mère guérira, par exemple, ou que mon père sera formidable. Que je serai aimé d'un loup ou de la plus belle fille de l'école. Que je deviendrai le meilleur compteur de mon équipe de basket et un champion de *dunk* acrobatique. Que m'apparaîtra une sœur inconnue, un Martien qui me refilera son génie et un shampoing miracle contre les cheveux gras.

— C'est ici, mon gars. C'est cinq dollars, toujours cinq dollars.

Gardons cinq dollars dans nos poches, comme cinquante sous pour le téléphone.

Mon père a loué un appartement-hôtel. Un bon point pour lui. L'idée de partager une chambre avec lui provoquait chez moi une crise d'urticaire doublée d'un envahissement psoriasique et d'un stress puissance 10. Puisqu'il n'est pas là, je m'installe dans la chambre : il dormira dans le salon. Premier arrivé, premier servi.

J'essaye la télé, les robinets de la salle de bain et de la cuisinette. J'ouvre les tiroirs, les portes d'armoires et je constate qu'il y a tout pour préparer à manger. Ce que je ne ferai pas. J'irai au restaurant. De toute façon, c'est Louis qui paye. Louis qui, selon le réceptionniste de l'hôtel, sera ici au plus tard demain. C'est lui tout craché, pas fiable. C'est aussi lui de venir à pied de *nowhere,* pensant m'impressionner, je suppose. C'est trop tard pour ça. Je vais faire quoi, moi, jusqu'à demain ?

Mes travaux d'école? *Meuh* non! Pas le premier jour, quand même! Sortir. Bête de même. Sortir dans la grisaille des pierres à perte de vue recouvertes d'une mince couche de neige. De la poudreuse à ski, pas de la mouillée à bonhomme. Des flocons si légers que si je ne les voyais pas tomber, je ne me rendrais pas compte qu'il neige.

En réalité, en ce moment, il ne neige pas. Le ciel est gris, la baie est grise et les trois quarts des édifices sont gris comme des hangars. Un cauchemar d'artiste peintre. Un jeu d'enfant pour un peintre en bâtiment : pas de découpage.

Je vais où, là? J'ai trouvé une carte dans le vestibule de l'hôtel : si je comprends bien, ça devrait me prendre une grosse heure et quart pour traverser la ville au complet. Ce doit être la plus petite capitale au monde. Au fait, je ne sais pas, je n'ai pas vu ça en géographie. Par contre, je viens d'apprendre que les Maoris de Nouvelle-Zélande disent bonjour en tirant la langue, le genre de détail qui vous donne l'air d'être cultivé si vous avez une bonne mémoire. Ce que j'ai. Je me souviens de tout ce que je vois. Visuel, je suis. Si je me souviens des Maoris, ce n'est pas parce que j'ai lu, mais parce que j'ai vu les mots sur le papier. Ce n'est pas la même chose. Ce que je vois reste imprimé dans mon cerveau. Quand le professeur me pose une question, je cherche dans ma tête où il avait écrit l'information sur le tableau, ah oui ! c'était là, en haut, à gauche, en majuscules, souligné.

Ma tête est une banque d'images. Quand on naît, on ne voit rien. On entend, on sent et on goûte partiellement, on est sensible à la douceur du toucher, on ressent tout, mais on ne voit pas. Si j'étais privé de vue, je serais privé de tout. C'est une mémoire payante, car je remarque le moindre changement chez une personne, une nouvelle coupe de cheveux, une chaîne discrète qui pend dans le V d'un polo, n'importe quelle coquetterie des filles. Je le leur dis et ça leur fait plaisir de savoir que l'heure passée devant le miroir, le matin, ne servira pas qu'à séduire les autres filles mais au moins un gars. Sauf que, quand je complimente une fille sur sa nouvelle jupe, elle pense que j'ai des tendances gay. On ne s'en sort pas.

Regardez donc ça, une église en forme d'iglou. C'est beau ou complètement *gnochon* ? Je n'ai pas trop de critères, mais je pencherais vers la deuxième possibilité. Difficile à dire, n'ayant pas de repères et ne sachant pas quels sont les canons de la beauté sur la Lune.

Je marche et je ne sais pas où aller. On fait quoi, quand on n'a rien à faire ? D'habitude, je cherche les occasions de végéter un peu, de m'écraser devant le top 5 de musique. Ici, ma mère visiterait les musées, les boutiques, mais moi, comme souvenir, je me ramasserai une roche, ce sera typique. Je ne sais pas s'il peut y avoir un musée dans cet endroit perdu. D'abord, il n'y a même pas de noms de rues. Les adresses se résument à « Building no X ». Pas trop poétiques et pas trop de personnes dont on tient à honorer le nom. Et puis, ah, tiens, un nom sur la carte : *chemin Nowhere*. Ça donne le ton et l'atmosphère. C'est vrai, le chemin commence et s'enfonce dans la roche, puis s'arrête. Comme ça, bang ! Disparue, la route. La vie de mon père, quoi. Elle a commencé, est partie dans une drôle de direction pour se rendre complètement nulle part. Une chose est sûre : la mienne sera différente, n'aura rien à voir avec la sienne. Si j'ai un but dans la vie, c'est bien celui de ne JAMAIS ressembler à mon père.

J'ai froid, j'ai faim et il y a dans l'air une odeur qui ne trompe pas : la friture. Je vais finir par découvrir d'où ça vient. Hein, le chien-chien ? Tu ne trouves pas que ça sent bon ? Tu veux m'emmener, hum ?

Je me suis retourné et je l'ai vu là, assis, comme m'attendant. Un grand chien blanc avec une patte presque bleue. Prudence, ne t'approche pas, Tom. Plus je le regarde, plus ce que je vois sur son dos ressemble plutôt à de la fourrure qu'à du poil. Du calme. Tu as dit que tu rêvais d'un loup, mais pas pour de vrai. Il me regarde avec ses yeux en forme d'amande. Impossible de lire en lui. Il est immobile, ne montre pas ses crocs, ne grogne pas, mais n'approche pas en battant la queue. Il m'observe. Qu'est-ce que je fais ? Le mort ? Non, c'est pour les ours, et puis c'est faux, il faut reculer lentement devant un ours en évitant de le regarder dans les yeux car, pour lui, c'est une provocation. OK. Je vais reculer lente-ment. Salut, le chien, tout doux, tout doux, mononcle Tom ne te veut pas de mal, il va s'en aller de son côté, puis toi aussi, OK ?

Je recule un peu. Le chien se lève, fait quelques pas, non dans la direction que je lui ai proposée, mais dans la mienne. Ne pars pas à courir, Tom, il va te sauter à la gorge. Sauf que si tu restes là, il peut tout aussi bien te sauter à la gorge. Évidemment, il n'y a personne en vue, c'est obligatoire. Il s'est arrêté. La prochaine fois que je vais en voyage, je ne dois pas oublier un sac de gâteries pour chien. Nouvel essai : je recule de trois pas. Il avance de trois pas. Il a peut-être peur de moi ? J'ai l'air de rien comme ça, mais les animaux savent déceler notre vraie nature et je suis sans doute pour lui un mâle alpha dans toute sa splendeur. Enfin un être qui me comprend ! Bon, arrête de niaiser, Tom. Je ne vais pas reculer comme ça jusqu'en Antarctique. Il se lève, approche, ça y est, c'est la fin, triste fin que d'être dévoré par un loup !

Tu trouves que ça sent quoi, chien-chien ? Ne bouge surtout pas, Tom. Il te renifle partout et, quand il se sera assuré que tu n'as rien à manger et que tu sens le désodorisant formule sport, il déguerpira.

Eh non. Il me lance des œillades insistantes, me tourne autour. Si je tends la main, il me l'arrachera, certain, et je suis bon pour faire des annonces d'amputé pour le reste de ma vie. Un doigt ? Je lui tends mon index : en perdre un, ce n'est pas si pire. Il le renifle et fouille ma main. Je n'ai rien, mon pauvre chien, et je t'assure, je goûte mauvais, je le sais, quand je me ronge les ongles, ça laisse un goût dégueu. Et si je te flatte un peu, hum ?

Ah, mais on dirait que tu aimes ça. Oui, là, en bas des oreilles, ça fait du bien. *Oh my !* La fourrure est tellement épaisse que j'ai de la difficulté à la traverser avec mes doigts. Mais oui, mais oui, c'est ça, c'est bon, mais tu n'as pas de collier et je me méfie quand même. C'est assez ? Non, évidemment. Je suis ici pour cent ans et, au lieu d'être dévoré, je mourrai gelé. Ça ne te dérange pas, toi, tu es équipé pour du moins cinquante degrés. Bon, c'est beau, Tom va s'en aller maintenant.

Je recule, il ne bouge pas, je lui tourne le dos et avance, il est toujours immobile. Parfait, il a eu sa dose de caresses. Ouf ! Je vais être débarrassé. Mais, quoi ? Le voilà qui passe à côté de moi à toute vitesse et qui freine brusquement en se plantant devant moi. OK. Qu'est-ce que je fais ? Qu'est-ce que tu veux ? Il s'élance vers la gauche, s'arrête. Tu m'attends ? C'est ça ? Mais moi, je m'en vais à droite. Je fais quelques pas, il bondit et me bloque le chemin. Il commence à m'effrayer. Il repart à gauche, ralentit, tourne la tête vers moi. Tu veux que je te suive ? Bon, bon, d'accord, puisque tu insistes, mais je t'avertis : pas longtemps. J'ai faim, moi.

Me voilà en train de marcher derrière un loup persuasif, que j'espère pouvoir semer en entrant dans un magasin, un garage, n'importe quoi de civilisé.

Ah! Qu'est-ce que donc que je vois-je? comme je dirais pour impressionner les filles. Un restaurant! Je ne suis pas bilingue, mais je sais ce que signifie «The Snack». Ah là! Il ne pouvait quand même pas savoir que je cherchais un endroit où manger! Bizarre, bizarre... Merci, gros chien, tu m'as conduit à la bonne place. Alors, au revoir et bonne nuit. Rentre d'où tu viens. Une caresse rapide mais pleine de gratitude sur le sommet de sa tête soyeuse et je pousse la porte d'un havre de chaleur où je suis accueilli par un arôme de frites.

Et par Miss Brunette, un menu dans les mains.

— Tiens, bonjour! Tu nous as déjà trouvés!

— Oui, grâce à un loup blanc que j'ai dû affronter dans une lutte sans merci auparavant.

— Je ne vois pas de traces de sang, dit-elle avec un sourire en coin.

— C'est parce que j'ai de l'eau dans les veines. Mais sans farce, les chiens ressemblent à des loups par ici.

Elle fronce les sourcils:

— Oui, mais ils sont tous attachés. Si jamais tu en rencontres un, tu t'éloignes, il peut être dangereux.

— Oh, celui-là était gentil comme tout ! Immense, tout blanc, avec une patte bleue.

Miss Brunette me regarde drôlement. Puis, dans un murmure :

— Tu as rencontré Patte Bleue…

— C'est ton chien ?

— Non. C'est le chien de personne.

— Il devait avoir faim, alors.

— Patte Bleue n'a jamais faim. Il n'existe pas.

— Répète-moi ça lentement ?

— Patte Bleue est une légende. Il rôde autour. Ceux qui l'ont vu sont morts aujourd'hui.

Vraiment charmant. Je n'ai plus faim, moi. Miss Brunette sourit et je peux voir les cent quatre dents qu'elle a dans la bouche.

— De vieillesse, ne t'en fais pas.

Elle rit, mais je ne trouve pas ça drôle. Elle me conduit à une table, m'offre le menu.

— Tu sais, pour Patte Bleue : c'est une vraie légende.

— Et qu'arrive-t-il vraiment à ceux qui le rencontrent ?

— Ça dépend de lui. Il les transforme en hommes-poissons…

— J'aimerais autant être mort !

— … ou en chamans, en sorciers si tu veux. Ou en carcajous, ou enfin comme ça lui plaît.

— Est-ce que je peux me transformer d'abord en homme-qui-mangerait-un-club-sandwich ?

— Et pour boire avec ça ?

— De l'eau. Au fait, comment tu t'appelles ?

— Uluriak. Étoiles. Mais on me surnomme Ulu, c'est le nom d'un couteau.

— Serais-tu par hasard un peu tranchante ?

— Mystère ! Ce ne sera pas long.

Bon, je suis tombé dans une ville d'imbéciles qui croient aux hommes-poissons. C'est charmant, les légendes, mais il faut faire la part des choses un minimum. C'est quoi, ça, une vraie légende ? C'est la légende qui est vraie ou ce qu'elle raconte ? D'abord, ce chien-là s'est peut-être mis la patte dans un pot de peinture. Et s'il était né comme ça, il n'y a rien de fantastique là-dedans. Moi-même, j'ai une tache bleue dans le bas du dos et je ne change personne en saumon pour ça. Plus les gens sont isolés, plus ils s'en font accroire. C'est comme ma mère : plus elle a été isolée dans sa maladie, plus elle a commencé à se demander si elle avait raison de ne pas croire au ciel. Le ciel, il est ici, maman, et tu vas y rester encore longtemps. Même si pour l'instant tu as l'impression d'être en enfer. Pour mon père, l'enfer c'est sa tête. Pour moi, ça

dépend des jours. Des fois, je suis dedans.
Mais j'en sors toujours.

— Tu aimes la fourrure ?

J'ai sursauté, occupé que j'étais entre le
paradis et l'enfer. La personne qui m'a posé
cette question est une femme boulotte — ça
semble être le style local — aux cheveux très
noirs, aux yeux bridés, une Inuite.

— Pas spécialement.

Elle me tend un genre de porte-monnaie en
peau.

— De la peau de phoque. Joli. Pour ton
amie ? Ta maman ?

Oui, tiens, ma mère, un souvenir. Ça dépend
du prix. Combien ? Oh ! ce n'est pas cher. Son
nom, en hiéroglyphes du Nord ? Ce serait gentil, oui, ici, sur un bout du napperon de papier.
Le mien ? Thomas. Curieux : c'est comme ça
qu'on l'écrit ? C'est beau, merci. Voilà les
sous. Autre chose ? Non ! Merci, c'est tout. Au
revoir. J'offrirai discrètement ce cadeau à ma
mère, car si ça se sait que je trimballe un objet
en peau de phoque, je vais me faire tirer des
roches ou garrocher de la peinture, c'est sûr.

La femme me quitte en même temps que
je reçois mon repas. Il n'y a pas grand monde.
Uluriak me demande si elle peut s'asseoir
un moment. Mais oui.

— Et toi, tu t'appelles comment?

— Thomas. C'est d'origine araméenne et ça veut dire «jumeau». Mais on me surnomme Tom. Ça ne veut rien dire du tout. Comme ça, tu es serveuse.

— À temps partiel, je vais à l'école. Tu es ici pourquoi?

— Pour venir rencontrer mon père, un autre être qui n'existe pas, enfin pour moi.

— Ouais, tu ne l'aimes pas beaucoup.

— Ça paraît tant que ça? Et tes parents à toi?

— Ma mère est coiffeuse, mon père arpenteur.

— Tu es née ici?

— Non. Mais à deux ans, j'ai obligatoirement suivi mes parents qui sont venus chercher fortune dans le Grand Nord.

— Il y a de l'or ici?

— Ça dépend de ce que tu entends par de l'or. Beaucoup de gens viennent parce que les salaires sont élevés. Ils restent deux ou trois ans et repartent. Tu ne verras pas de têtes grises ici! Sauf mon père. Ma mère se teint les cheveux. Eux, ils ne sont jamais repartis.

— À vrai dire, je pense que si ç'avait été juste de moi, je ne serais même pas descendu de l'avion.

— Ça arrive : il y a des gens qui atterrissent et qui redécollent au vol suivant. Tu adores tout de suite ou tu te sauves en courant. C'est bon ?

— Parfait, merci.

— Il est où, ton père ?

— Quelque part en provenance, à pied, madame, de Ki quelque chose.

— Kimmirut ? Aïe ! Sacrée randonnée. Ça prend au moins une semaine en été. Il a de la chance, il a du beau temps.

— Du beau temps ? Il fait moins quinze !

— Il ne neige pas, c'est sec et le brouillard s'est levé. S'il est adéquatement habillé, ce n'est pas si difficile.

— Sais-tu, je vais quand même passer mon tour. Il y a les ours.

— Oui, mais ton père a sûrement un fusil. Et un GPS, enfin, tout ce qu'il faut. Moi, c'est dans la grande ville que j'aurais peur de me promener toute seule. Tu habites où ?

— À l'hôtel Iqaluit.

— C'est très bien. Mais il n'y a pas de restaurant. Viens manger ici demain matin. Je travaille.

Des clients viennent d'entrer. Elle se lève pour les accueillir. Est-ce que Louis a un fusil ? Un GPS et « tout ce qu'il faut » ? Hé, ho ! Tu ne vas pas commencer à t'inquiéter pour lui, quand même ! Quand s'est-il inquiété de moi ? Le jour de ma naissance ? Il était là en tout cas. Louis. L'appeler par son prénom me satisfait ; ça nous met à la même hauteur. Dire « mon père » passe encore ; il est réellement mon géniteur et je possède certaines de ses caractéristiques, un cas d'héritage, comme on dit. « Papa » ? Pas capable. Ça prend… ça prend quoi en fait ?

Un peu d'amour. Lui, je sais bien qu'il m'aime malgré tout, mais moi, non. Je ne le déteste pas ; je ne ressens rien pour lui, c'est tout. Il m'est indifférent. Ma seule émotion pour lui est un grand vide dans mon cœur.

J'ai payé, salué de la main Ulu — quel nom ! — qui m'a répondu : « À demain. » Je suis sorti dans la nuit noire et je suis retourné au resto demander mon chemin à Ulu. « Tout droit. » Niaiseux, bien oui, tout droit, on va toujours tout droit dans le coin, ça a l'air. Sauf quand on est soûl. Je ne bois pas. Deux ou trois brosses aux *coolers* et aux *shooters* m'ont guéri pour le moment. Le jour où je mettrai enfin ma main sous le chandail d'Élise, je veux m'en souvenir et ne pas lui vomir dessus. Et puis, je ne veux pas faire comme lui.

J'ai traversé la moitié de la ville bâtie sur pilotis parce que le sol est gelé. Le ciel n'était pas à l'aurore boréale, mais couvert. Je suis rentré vite, ayant la désagréable impression d'être suivi sans rien voir pourtant. De ma chambre, j'ai regardé quelques minutes par la fenêtre ce paysage sans attraits. Je me suis endormi et la nuit a été sans rêves. Le lendemain matin, j'ai tiré les rideaux et constaté qu'il neigeait à plein ciel et à plein vent. Une forme a surgi d'un monticule blanc, s'est secouée, a regardé vers ma fenêtre, m'a vu, s'est assise.

Patte Bleue avait dormi là. Et il m'attendait, j'en étais sûr. À ce moment précis, j'ai souhaité qu'au pays de l'homme-poisson mon père soit changé en chien.

L'indifférence.

* * *

Le plus difficile dans la vie est de voir ce qui est évident. Je suis partout et nulle part, et un rien me fait disparaître à tout jamais. Je suis dans le regard et dans l'objet qu'on regarde. Je suis aussi soit dans l'un, soit dans l'autre. Je suis légère comme ces âmes, dans les images anciennes d'Égypte, qu'on ne laissait entrer au paradis que si elles étaient plus légères qu'une plume, pesée à l'appui. Une âme libérée de la lourdeur, soulevée par la respiration délicate d'un nouveau-né.

J'adore me glisser dans la peau d'un animal. Certains me causent des problèmes et ne m'aident pas. Avec d'autres, cela s'avère plus facile, mais pas toujours. Le miaulement d'un chaton qui tient tout entier dans le creux de la main, le cri du huard à la brunante, la queue battante d'un chien qui veut jouer, la majesté d'un ours polaire sur la banquise, la gaîté de la loutre batifolant dans l'eau, le calme de la baleine bleue se propulsant au loin d'un coup de nageoire, la splendeur du cheval au galop sautant dans la liberté à chaque foulée, la grâce du papillon à la recherche d'une fleur où se poser, le concert des grenouilles au dégel.

Mon choix aujourd'hui se porte sur Patte Bleue. Je me glisse en lui, au-delà de sa fourrure soyeuse, dans son œil bleu et son œil vert, dans son cœur tendre de chien, son flair hors du commun et sa conscience de la nécessité de l'autre. Je vais suivre Tom, ou le précéder, essayer de l'inspirer, de le guider, de l'amener à faire quelques pas vers ce qu'il devra tôt ou tard devenir, un homme.

LOUIS

Je pourrais rester ici pour toujours, m'endormir tout doucement, mon corps s'abandonnant au froid et à la tempête. Je pourrais ne plus envoyer de signal, me perdre. Quand on partirait à ma recherche, je serais déjà bien mort. Ainsi, je ne ferais plus jamais de mal à personne.

Qu'est-ce qui est le mieux pour Tom? Détester un être vivant ou un mort?

Mes sentiments ne sont pas des plus nobles. Il sait que je calcule tout. Chaque geste, chaque parole, chaque silence, chaque sourire, chaque mensonge, chaque flatterie existent pour ce qu'ils me rapportent. Je ne m'aime pas dans ce rôle, mais je suis ainsi et c'est ainsi que je survis. Tom le sait. J'ai gagné ce que je voulais et perdu ce qu'au fond de moi je ne voulais pas. Je ne voulais pas d'amour, je crois.

J'ai forcé Tom à entrer dans un orchestre parce que c'était mon rêve à moi, pas le sien. Il y était malheureux. Mais j'ai eu quelques moments où j'ai sincèrement pensé à lui. Me laissant dépasser à skis pour qu'il soit fier de lui, me cachant les yeux de peur quand il traversait les bosses. L'emmenant patiner le soir du premier janvier, place d'Youville, pour la magie d'être ensemble. Je n'ai jamais oublié ses anniversaires. Mais est-ce assez?

J'ai cinquante ans et je ne me sens plus vieillir : je suis vieux. Je me tais souvent. Et depuis un bout de temps, je dis rarement ce que je pense. En général, ce n'est ni nécessaire, ni utile. Paresse ou sagesse? Hypocrisie ou abandon? Je me suis longtemps dit que je cherchais l'harmonie. C'était mon prétexte pour être en fuite. Je suis incapable de tenir tête, je vire de bord, je pars. Courage ou lâcheté? Je ne me suis jamais senti si loin des gens que depuis que je me tais. Qu'ai-je à dire à Tom? J'ai si peu à lui montrer. Je ne sais pas ce que je suis, mais certainement pas un homme. J'ai laissé tomber mon fils. Pire : je ne l'ai pas vraiment aimé.

J'ai pleuré, j'ai crié, mais les larmes et l'agressivité ne sont jamais des indices de caractère. C'est dans la capacité d'un humain à être libre qu'on en trouve la trace. J'ai lamentablement échoué, me croyant libre, ailleurs, sans l'être. Où que j'aie été, j'étais toujours emprisonné dans mes peurs et mes insuffisances. Il est trop tard, si tard.

Je suis fatigué. Je ne peux pas avancer dans cette tempête. Je vais rester dans ma tente et somnoler. Ai-je encore la capacité d'aimer ? De souffrir ? D'être heureux ? De ne plus blesser ?

Je ne veux rêver à rien, juste dormir. Et calmer l'angoisse qui se pointe, tenant par la main la tristesse. Je me parlerai de la vie et de la mort, du temps dont je ne sais plus s'il accélère ou s'arrête, des sens qui s'aiguisent avec la solitude, de la conscience de chaque battement de paupières dans ce nulle part sur Terre, mais je serai toujours impuissant à percer le mystère du futur.

Je suis cependant apte, là, maintenant, à décider si j'en aurai un ou pas.

Chapitre 3

Un rêve sombre
dans la nuit noire

Sur Jupiter, il y a une tempête qui fait rage trois cent soixante-cinq jours par année, enfin, pas mal plus de jours, car la géante Jupiter met douze ans à effectuer le tour du soleil. Cet ouragan, déjà observé par Galilée en 1610, sévit depuis des siècles, et les photos satellites montrent clairement son œil gigantesque. Il est difficile d'imaginer la puissance de cet étrange phénomène, sauf certains jours où je crois que mon cyclone intérieur doit lui ressembler. Ma tempête à moi prend tout l'espace de ma planète et fonce droit sur les rives habitées de mes nerfs.

C'est pas bien dit, ça? Si je pouvais pondre de si belles phrases dans mes examens de français... Quoique je me débrouille assez bien en poésie, surtout quand mon prof ne comprend rien à ce que j'écris et qu'il ne veut surtout pas s'avouer vaincu dans sa perspicacité.

Ce matin, nous avons quitté la planète Mars pour Jupiter, car nous sommes en plein blizzard. En réalité, il ne neige pas tant que ça, il vente atrocement et la neige se soulève en tourmente. Ma question est : qu'est-ce que je fais avec ce chien ? Ma deuxième question : est-ce que j'arriverai à me rendre au Snack, car le beau gars en pleine croissance que je suis a un petit creux colossal ? Ma troisième — je ne peux pas m'en empêcher — : et mon père là-dedans ?

S'occuper de ses parents. « Ce n'est pas le rôle d'un enfant », affirment les psychologues. Je voudrais bien les voir dans ma position : ma mère a un cancer et mon père était un irresponsable. Tiens, pourquoi est-ce que j'ai dit « était » ? Sensation étrange. Malaise. Et s'il mourait, serais-je triste ? Que perd-on quand on ne perd rien ?

Ma mère m'a souvent répété que c'était à elle de s'occuper de moi et non le contraire. Que je n'étais pas là pour remplacer mon père. Mais comment ne pas l'aider quand elle rentrait de son traitement épuisée, nauséeuse, malade ? Je ne remplaçais pas mon père, alors : je lui donnais mon amour de fils. Et j'avais peur. Et j'ai encore peur qu'elle meure. Je suis trop jeune pour ça.

Je peux facilement imaginer la mort des gens, particulièrement celle de ceux à qui j'en veux, pour une niaiserie la plupart du temps. J'adore, d'ailleurs : ça sort le méchant en moi. Mais pas la mort de ma mère. Je parcourrais le monde pour trouver où se cache l'éternité et la lui offrir, en gardant un morceau pour moi, bien entendu. Ce serait génial de ne jamais mourir. Quand on aime vivre, évidemment. J'aime ça.

J'aime aussi les œufs-bacon, la crème glacée à la vanille, les meringues, les pommes, les framboises et les pâtes. J'aime le basket-ball — en tant que grand, j'ai toujours été apprécié — et arbitrer les parties de football drapeau des filles de première secondaire, car elles sont toutes pâmées sur moi ; j'aime le cinéma, sauf les films tibétains sous-titrés dont ma mère raffole, la musique sous toutes ses formes, les jeux d'ordinateur auxquels je joue en ligne avec quelqu'un quelque part en Asie, clavarder avec mes amis, sortir. J'aimais mon chien, que j'ai toujours considéré comme mon petit frère, faute d'un vrai. J'aime ne rien faire, sauf quand je suis obligé de ne rien faire.

Mais je n'aime pas voir Patte Bleue geler dehors. Comme dans tous les hôtels, il doit être interdit. Bon, voici le plan pour le faire entrer en douce : j'entrouvre la fenêtre et je sors de ma chambre côté porte, longeant le corridor jusqu'à l'accueil. Là, j'échange avec le préposé :

— Vous avez des nouvelles de mon père ?

— Oui, il nous a envoyé un message radio : il est bloqué à cause du temps, mais, dès que le vent tombera, il reprendra sa route. Tout va bien. Il n'est pas loin, à environ douze kilomètres d'ici. Une journée. Ou deux, je dirais, plus probable.

— Où est-ce que je peux trouver à manger ?

— Il y a des machines distributrices, ici. Il vaut mieux rester en dedans. C'est trop dangereux dehors, on ne voit pas ses propres mains.

— Je vais juste devant.

L'employé retourne à son ordinateur, probablement pour vérifier les réservations dans deux ans ! Il n'y a personne ici.

Ouvrir la porte d'entrée a été un combat contre les éléments. Contrairement à ce que l'homme disait, je voyais mes mains. Mais pas mes pieds. J'ai descendu les marches en me tenant et j'ai avancé, plié en deux en tâtant le mur, vers l'endroit où j'ai vu Patte Bleue. Il n'avait pas le moins du monde l'air incommodé par la tempête. On s'est rendus jusqu'à la fenêtre de ma chambre, je l'ai ouverte assez grand pour que le chien saute dans la pièce. Et je suis retourné sur mes pas, saluant de nouveau le préposé, pour filer vers mon royaume.

Une chose est certaine : je ne ressors pas aujourd'hui ! Mais que va-t-on manger tous les deux, hum ? Aimes-tu les chips ? Les biscuits à l'avoine ? Le chocolat ? La gomme ? Il va falloir, parce que c'est tout ce qu'il y a dans la machine distributrice.

Alors, le chien, une chips pour moi, une pour toi, d'acc ? Tu vas me tenir compagnie. Viens, on va s'asseoir par terre tous les deux en regardant dehors où on ne voit rien. Ce que j'aimerais savoir, c'est d'où tu viens. As-tu une maison ? Un maître ? Une niche ? Un traîneau ? Hein ? Rien de tout ça ? Tu sais, tu as l'air intelligent. Pas comme mon vieux chien : lui était une beauté rare, mais ce n'était pas fort en haut du museau. Toi, tu es beau aussi, c'est sûr, je ne vais pas te dire le contraire au cas où tu comprendrais et où tu me sauterais à la gorge.

Je ne sais pas si tu t'es déjà vu dans le miroir et si seulement tu réaliserais que tu te trouves devant ta propre image, mais admettons que oui : je te le jure, tu verrais un loup. Tu aimes les chips, on dirait. Je suis content parce qu'aujourd'hui tu vas te nourrir essentiellement de gras polyinsaturé. Le chocolat, c'est juste pour moi, c'est poison pour les pitous. Ouais. Pitou, ça ne te va pas du tout. Patte Bleue, hum. C'est comme Noireau, Nez Rouge, Queue Plate. Mais ça te va comme un gant... bleu. Tu vois, je ris. Je la trouve bonne. OK, c'est pas fort, tu as raison.

T'as de beaux yeux, tu sais. As-tu un père, une mère, une famille ? Non ? Tu es chanceux. Les animaux comme toi n'ont aucune notion de ce qu'est un père et, tout de suite après le sevrage, à peine se souviennent-ils encore quelques jours qu'ils ont eu une mère. C'est simple. Pas de déceptions, pas de problèmes d'estime personnelle — on n'en peut plus d'en entendre parler !

Donne la patte. C'est bien. L'autre patte. Bon chien. C'est vrai ce qu'on dit à ton sujet ? Tu es la première légende qui sent le chien mouillé que je rencontre.

Bon. Imagine qu'à partir d'aujourd'hui on est juste toi et moi pour toujours. Personne d'autre. Toi, il ne te manquera rien. Moi, il me manquera tout. À moins que je m'habitue. Un homme et son chien, comme dans les histoires. Et nous partirons tous les deux dans la vaste nature sans rien chercher de plus qu'à être ensemble, manger, dormir. Le hic, c'est que je ne suis pas encore un homme. Ensuite, tu aimerais certainement mieux suivre un gars de bois. Je ne sais pas ce que tu me trouves, d'ailleurs, parce que je ne suis pas d'ici, moi. Et je vais repartir, le plus tôt possible serait mon premier choix. Le plus loin qu'on ira ensemble, c'est nulle part aujourd'hui et à dix coins de rue peut-être demain. Ça ne fait pas une grosse amitié.

D'abord, pourquoi me suis-tu ? Je n'ai pas de viande séchée dans les poches à ce que je sache. Tu devrais te chercher une belle petite femelle… Hé ! Je ne sais pas si tu es un mâle ou une femelle ! Lève. Allez, lève tes fesses. On ne doit pas castrer les chiens par ici, en tout cas, moi, je ne m'essayerais pas sur toi, ça c'est sûr, à moins d'avoir trois seringues de tranquillisant à ours. Un mâle. Parfait. On est entre gars. Assis.

As-tu une blonde ? Hum ? Une belle chienne comme toi, avec des yeux de couleurs différentes, ça donnerait des chiots pas pires. Pourquoi vous ne restez pas ensemble, les mâles et les femelles de l'espèce ? Les loups le font bien, eux. T'es comme moi, t'es trop jeune.

Bon, vingt minutes de passées. La journée va être longue. Vous, les chiens, vous pouvez attendre votre maître mille ans ; moi, ça me tuerait. Je te parle, tu me fixes de ton regard indéchiffrable, tu ne bouges pas et tu n'as pas l'air de t'ennuyer une miette. C'est dommage que tu ne sois pas une fille. Parfois, je me demande si j'en choisirai une — qui voudrait de moi, bien entendu — ou si c'est une fille qui me choisira et que je me laisserai faire tout bonnement. Est-ce qu'on tombe amoureux d'une personne parce qu'elle est amoureuse de nous ? Tu sais, je peux bien te l'avouer, j'ai été amoureux fou d'une fille. En troisième année. Si je l'aimais ! Elle avait une longue tresse et j'avais hâte de m'endormir le soir pour arriver au plus tôt au lendemain et la revoir à l'école. J'ai demandé à ma mère ce que c'était qu'être amoureux et elle m'a répondu : « C'est quand on pense à une personne et que cela nous fait plaisir et nous accroche un sourire. » Je pensais à elle et, effectivement, ça me remplissait de joie et je me surprenais à sourire. Ça a duré trois jours.

Puis j'ai vu autour de moi, plus tard, qu'être amoureux, ça signifiait aussi parfois que la pensée d'une personne vous accrochait des larmes. Ça ne te dit rien tout ça, toi. Lève-toi.

On va voir si tu vas me suivre. Oh ! Tu me donnes la patte de toi-même ! Viens. On dirait que tu as toujours été mon chien, tu me suis à quinze centimètres, tu zigzagues avec moi. Assis. Bon chien. Une autre chips ? Tu sais, je ne pourrai pas te ramener avec moi, il faudra te trouver quelqu'un d'autre. Il ne faut pas t'attacher à moi. Si tu avais un collier, ce serait simple. Mais non, évidemment, c'est toujours sur moi que ça tombe, ces problèmes-là.

Savais-tu que le temps est élastique ? Oui, monsieur, aussi vrai que tu existes. Le temps est parfois court, parfois long. Tu vois, c'est comme l'élastique dans mes cheveux. Regarde. Il est court. Si je l'étire au maximum, tu vois, il est pas mal plus long. En ce moment même, le temps, il est comme l'élastique juste avant qu'il n'éclate. Bon. On ne peut pas dire que ta conversation remplisse le vide. C'est bizarre de parler tout haut si longtemps. Je m'écoute et j'ai souvent envie de me répondre, mais débattre avec soi-même n'est pas une mince affaire. C'est vrai : on est comme deux personnes, une plus forte que l'autre, une qui veut se prouver, l'autre qui se tanne et qui se couche comme au poker. Bonne idée, le poker.

Tiens, ça, c'est un paquet de cartes. J'étale les cartes par terre, à l'envers. Tu vas poser ta patte sur une et admettons que ce sera mon avenir très immédiat. Tu me tires aux cartes. Allez. Choisis. Pose ta patte. C'est ça. Je suis en train de montrer à un chien à choisir une carte. Faut vraiment n'avoir rien à faire. Et pourtant, ça m'amuse. Donc, il faut n'avoir rien à faire pour s'amuser. Je viens de découvrir une théorie aussi importante que la relativité. Oui ! Bravo. Tu as pigé quoi ? La dame de pique. Hum. Je n'y connais rien, mais voyons voir. Une dame brune va m'apporter une brochette de bacon. Allez, une autre. Ce sera moi : le deux de pique, merci ! Une autre. Le huit de cœur : l'amour me tombera dessus le huit du huit, quatre-vingt-huit. Une autre. Celle-là, ce sera toi : un joker ! C'est ce que tu es vraiment ? Une boîte à surprise ? Tu sais, c'est la carte la plus puissante du jeu. L'avoir avec soi, c'est gagner.

Tu me feras gagner la partie ? Quelle partie ? Tu sais, ce n'est pas garanti, car il y a un autre joker dans le jeu et ça dépend de qui l'a en main. Pige-le-moi, allez, si tu es vraiment magique. Le roi de trèfle. Mon père ? OK, on arrête ça, tu me fais peur.

Voyons, Tom, ne te laisse pas impressionner. C'est le hasard, tout ça.

Et si on piquait un somme ?

Là, je m'allonge sur le sofa, et toi, sur le sol. Non ? Tu veux sauter sur mes pieds ? Allez, monte, tu vas me réchauffer. Hé, ho ! Pousse un peu. Tu prends toute la place. Bon, c'est mieux. Étendu comme ça, tu as presque ma taille. Je vais dormir avec un loup. *Oh my!* Tu es doux. Un vrai toutou. Mais je me méfie quand même. Sais-tu, quand j'avais dix ans, je rêvais que j'entrais dans un château vêtu en chevalier, avec heaume, cotte de mailles et cheval noir, à la poursuite de créatures maléfiques, monstres et fantômes dont je n'avais pas peur. Je rêvais aussi que je me transformais en dragon et que je survolais des forêts, très haut, avec une grande aisance. J'ai ainsi aussi survolé ma maison...

C'est en lui décrivant ma chambre et ma collection de tours que je me suis endormi et que j'ai fait ce rêve étrange.

J'avançais sur une plage et le ciel était bleu. Puis tout devenait blanc. Il n'y avait plus de plage, plus rien sauf un rocher. Mon père était assis dessus. Il m'a dit : « Si je reste ici, je ne reviendrai plus. » Je voulais le rejoindre, mais il n'y avait pas de place pour moi sur sa roche. J'ai alors senti de la chaleur. Il y avait du feu. J'ai commencé à courir.

C'est un coup sur la porte qui m'a réveillé et Patte Bleue qui grognait.

— Comment tu as fait pour te rendre ici ?

Ulu est devant moi, enfin, je crois que c'est elle car elle est entièrement cachée dans un manteau de plumes, probablement un vol entier d'oies à en juger par l'épaisseur de la chose, le bout de son nez apparaissant à peine derrière le col de fourrure. Elle transporte un gros sac.

— Je me suis dit que tu devais avoir très faim.

Une brochette de bacon…

Elle entre, aperçoit Patte Bleue et recule aussitôt.

— Je te présente Patte Bleue. C'est lui que j'ai rencontré hier. Il ne faut pas avoir peur, il est très gentil. Et il ne m'a pas encore transformé en *fish and chips*. Approche !

Elle avance d'un pas hésitant, tend la main, touche la tête du chien.

— Comme tu vois, il est bien réel.

Patte Bleue lui lèche la main. Elle se détend un peu. Elle se déshabille et maigrit subito de trente kilos. Elle déballe son sac plein d'excellentes petites choses à se mettre sous la dent comme des sandwiches, des jus, des biscuits, des gâteaux. Je me jette dessus et dévore en prenant une bouchée de tout et je refile le jambon à Patte Bleue. Pendant ce temps, Ulu observe le chien, l'étudie en détail.

— Il est magnifique, ce chien. Il est parfait à tous points de vue. Je sais de quoi je parle, mon père élève des chiens de traîneau. Je ne l'ai jamais vu par ici. Il a vraiment une patte bleue. Je ne suis pas rassurée.

— C'est peut-être toi, finalement, qui seras changée, je ne sais pas, moi, en sirène ?

— En Sedna, j'aimerais bien.

— C'est qui, Sedna ? Ou quoi ?

— C'est la déesse de la mer. Ses doigts coupés par son père sont devenus les poissons, et de ses pouces et ses mains sont nés les phoques, les baleines et tous les animaux marins.

— Un beau cas de DPJ…

Elle éclate de rire. Enfin ! Elle est venue en motoneige, très lentement. Elle ne voyait rien, mais elle connaît la route. Si un jour je dois faire une expédition extrême chez les manchots de l'Antarctique, je ne devrai pas oublier de l'appeler. Je lui dis que j'ai eu des nouvelles de mon père et je lui raconte ma journée, en terminant par le rêve qu'elle a interrompu. Ce n'est pas très intéressant, mais, enfin, j'ai quelqu'un à qui parler.

— Tu sais, pour les Inuits, le monde des songes est aussi réel que le monde éveillé.

— Tu les connais bien ?

— J'ai été élevée ici. Alors, je les connais un peu, j'ai des amis, je me débrouille dans la langue, qui est très difficile.

— Et ?

— Et je garde ce qui me plaît dans leur culture et dans la mienne, ce qui fait mon affaire. Comment te sentais-tu dans ton rêve ?

— Je n'étais pas bien, je sentais une menace.

— Ça te dit quoi, ce malaise ?

Ulu s'est versé un jus, s'est levée, se promène dans le salon, inspecte mes choses qui traînent, elle fouille carrément dans mes affaires. Je ne suis pas trop certain d'aimer ça. Je ne la connais pas, cette fille, ex-Miss Brunette et maintenant Miss Couteau. Il y a quelque chose qui ne me plaît pas trop trop dans ce surnom. Elle est peut-être la folle du coin qui tue des chats en cachette ? Quoique je n'en aie pas vus dans la rue, pas fous, les chats, ils doivent sauter dans le premier bateau en route vers le sud une fois qu'ils ont passé un hiver ici. Ça arrive, ces choses-là, je veux dire des gens qui ont l'air normaux comme ça, mais qui cachent un travers dangereux pour les autres. On en a vu plein, dans les écoles, un jour ça sort de sa tanière et de sa raison et bang ! ça tire.

Elle est peut-être le genre de fille qu'il me faut éviter, intrigante, malsaine, sorcière manquée sur les bords, complètement éso, toute seule à se comprendre elle-même. Elle veut m'entraîner où avec ses questions sur mon rêve ? Je devrais lui dire tout de suite : « Moi, la magie, je l'aime sur une scène avec une femme qu'on scie en deux. »

Pas gentil, Tom, elle a bravé le blizzard pour te nourrir. Franchement, elle est le contraire d'un être malveillant, tu n'aimes pas qu'elle fouille, c'est tout. Ce n'est pas grave, c'est une fille, c'est normal, elle est à l'affût du moindre détail qui va lui révéler tes secrets. Il n'y a rien de mal à sa question un peu innocente sur ton rêve, et puis tu avais juste à ne pas lui raconter, c'est tout. En fait, elle cherche un sujet de conversation pour être polie, puisque tu n'as rien de plus intéressant à lui raconter.

— Tu ne me réponds pas.

— Ça me dit quoi, mon malaise ? Ça me dit que mon père est assis sur une roche quelque part et qu'il ne veut pas bouger.

Je suis surpris de ma réponse. Pas elle.

— Et ?

— ...

Ulu me regarde intensément, silencieuse. Patte Bleue fait la même chose. Et je comprends en cette seconde que mon père ne reviendra jamais. Comprendre? Hé, je n'ai pas de sang cri! Pourquoi, en ce moment même, ai-je l'intuition, non, la certitude, que mon père va mourir? Pourquoi ai-je en moi comme un feu qui monte et qui me pousse à aller le chercher? Moi? Mais où? Et comment? T'es tombé sur la tête, Tom.

Non, mon père n'a pas changé : il est resté encore et toujours un paquet de problèmes, même en rêve.

Je pourrais confier sa recherche aux autorités : «J'ai rêvé que mon père était mort pendant que je dormais avec un chien de légende.» Un vrai fou.

***

Quand je suis dans l'hiver, j'entre dans le temps, le temps enfin palpable, le temps plein, le temps long, le temps doré. Le temps de s'asseoir durant la tempête, de partager ce qui n'émerge de soi que dans l'immobilité. Le soi qu'on retourne à l'envers comme un gant, alors qu'apparaissent à la lumière les

*traces invisibles de la chaleur que dégagent
nos mains. C'est la chaleur du cœur qui s'éva-
pore et qui, réchauffant alentour, lui revient
pour le tenir au chaud encore. Le cœur ne
doit sa vie qu'à ses propres voyages, qu'à ses
élans sincères, qu'à ces moments si rares où
on le laisse enfin sortir du noir.*

*Tom ne le sait pas encore, mais, pour lui,
voilà qu'aujourd'hui le temps s'arrêtera. Le
temps tel qu'il le conçoit. Le temps tel qu'il
l'emprisonne, inexorable.*

LOUIS

Entre les réponses possibles ou probables
à toutes les questions que je me suis posées
dans ma vie, je n'arrive pas à trouver les
bonnes, celles qui me satisferaient, celles qui
me feraient soudain sourire en disant : « C'est
évident, voilà comment je dois continuer à
vivre ! » J'aurais alors un instant de répit,
quelques années devant moi.

Peut-être que je ne veux pas de ce répit.
Peut-être que je ne veux plus de réponses,
que j'en ai assez de chercher. Que c'est ici,
assis au sommet de cet immense rocher, que
se trouve le but de ma vie.

Deuxième partie

GPS : gelé, perdu, seul

Chapitre 4

Un œuf cru le matin

Il paraît que les chanteurs d'opéra avalent un œuf cru le matin pour adoucir leurs cordes vocales. Une dose d'ex-futur poussin pour entretenir leur gagne-pain. Heureusement, je n'ai aucune intention de devenir chanteur étoile donnant la réplique à la presque-toujours-grosse-chanteuse qui va mourir à la fin. J'ai l'intention de quoi ? Et est-ce que j'ai d'autres questions comme celle-là auxquelles je ne peux pas répondre ? Oui, plusieurs.

La première : pourquoi est-ce que pour la première fois de ma vie je donne de l'importance à un rêve ? C'est vrai, pourquoi ? Si je m'étais énervé à chaque cauchemar, je prendrais depuis longtemps les mêmes antidépresseurs que ma mère. Je me laisse influencer par Ulu, voilà, et je ne devrais pas. La preuve : j'ai souvent rêvé que j'étais tout nu avec Élise et ce n'est jamais arrivé. Pourquoi donc, aujourd'hui, donner de l'importance à ce rêve sur mon père?

La deuxième: pourquoi ai-je hérité d'un chien-loup qui me suit partout et qui n'a pas trouvé de meilleure idée pour se rendre utile que de perdre ma montre? Ce matin, finie, la tempête. J'ai ouvert la fenêtre et hop! l'autre a sauté dehors en attrapant au passage ma montre avec ses dents. Il est revenu sans, évidemment. J'ai eu beau chercher autour, je ne l'ai pas vue, c'est obligatoire, et je gage que j'ai marché dessus sans m'en apercevoir. Classique.

La troisième: pourquoi me suis-je mis en tête de retrouver mon père? Car je n'en démords pas, contre toute logique. Comme si j'avais la moindre idée d'où il se trouve. Ferait-il la même chose pour moi? À cette question-ci, j'aime autant ne pas avoir la réponse. Si c'était oui, je ne le croirais pas. Si c'était non, ça m'enlèverait les rares illusions que j'entretiens à son sujet.

Mais oui, ça m'arrive. Je crée dans ma tête le père idéal, celui dont je serais fier, qui serait à mes côtés, qui m'encouragerait, que mes amis trouveraient *cool*, qui me laisserait conduire son auto et qui serait insupportable de bienveillance. Enfin un père que je déciderais, moi, d'écarter de mon chemin, et non le contraire. Quand je l'imagine, je lui accorde tout de même, bon prince, une qualité qu'il a réellement : il est drôle. Louis m'a beaucoup fait rire. Et fait rire ma mère. C'est un petit peu plus difficile de détester un père drôle. Je dis ça pour rien car, depuis quelques années, il ne nous amusait plus du tout.

Le ciel est bleu. Je suis allé manger au Snack. Mes œufs, je les aurais avalés crus, tiens, tellement j'avais faim. En attendant qu'Ulu ait deux minutes pour moi, j'ai écouté la conversation à la table d'à côté, entre un contremaître blanc et deux de ses employés inuits.

Le contremaître :

— Si je comprends bien, vous lâchez le travail maintenant parce qu'un troupeau de caribous est dans le coin ?

Les employés acquiescent.

— Et après la chasse, vous allez revenir reprendre le travail.

Nouvel acquiescement.

— Je fais quoi, moi, d'ici là ? Je ne peux pas construire la maison tout seul !

Haussement d'épaules des deux Inuits qui se lèvent et partent. Soupir de découragement du contremaître. J'ai trouvé ça génial ! Remets à demain ce que tu n'es pas obligé d'accomplir aujourd'hui, surtout si quelque chose de mieux à faire se présente. Mon genre de philosophie. Je me demande si je ne pourrais pas l'importer chez moi. « Tu as fini ton analyse de texte en français, Tom ? » « Non, je suis allé à la chasse aux filles qui passaient justement par là. » Hum. Je crois que j'ai besoin d'élaborer une fameuse argumentation pour que ce soit accepté. Même ma mère qui a ralenti sur le ménage pour profiter plus de la vie depuis qu'on lui a découvert un cancer ne serait pas chaude à l'idée. Mon exemple est mal choisi. Quand même, c'est assez séduisant, le principe d'attraper le caribou au vol. Pour cela, il faut qu'il passe. Et ce qui passe en ce moment, c'est mon père. Peut-être qu'en d'autres temps j'aurais balayé toute cette histoire du revers de la main en me traitant d'imbécile, mais la philosophie locale commence à déteindre sur moi. Voilà la réponse à ma troisième question : ce n'est pas moi qui désire le retrouver, c'est l'influence de la place qui opère. Ça me soulage.

Ulu se glisse sur la banquette en face de moi.

— Es-tu bien sûr de ce que tu veux faire, Tom ?

— Oui.

— Pourquoi ?

— Pour ne pas que mon père meure.

— Et pourquoi ne veux-tu pas qu'il meure ?

— Tu parles d'une question, toi. Je ne sais pas. Peut-être que ça m'est égal, mais que je ne veux pas me sentir coupable. Ou être jeté en prison pour non-assistance à une personne en danger.

— Pour cela, il faudrait que tu saches qu'elle est en danger. Le message qu'il a envoyé est que tout allait bien.

— Il ment, ce ne serait pas la première fois.

— C'est dangereux, Tom.

— Je sais. Mais j'ai Patte Bleue avec moi. J'ai toujours rêvé d'être guide pour chien.

— Je ne peux pas te laisser partir.

— Tu ne peux pas m'en empêcher.

— Tu devrais avertir ta mère.

— On s'est juré de ne pas s'appeler de la semaine. Bonne chose.

— Les autorités ?

— Tu m'aides ou pas ?

Son regard est difficile à interpréter : il signifie soit « tu es complètement malade », soit « je t'admire ». Je vais opter pour la deuxième hypothèse. Ce sera la petite poussée qu'il me faut, mais je ne le lui dirai certainement pas.

— Je te conduirai. J'ai tout ce qu'il te faut.

— Merci.

— Alors, OK, regarde maintenant. Là…

Elle déplie une carte sur la table. Elle me montre comment ça fonctionne : longitude, latitude, degrés, etc.

— Nous sommes ici, l'entrée du parc est là, et tous ces points rouges sont les refuges. Tu vas de l'un à l'autre. C'est la piste que tout le monde suit pour traverser le parc. Pour te guider, tu auras un GPS.

Facile.

Elle va me refiler un téléphone satellite à pile solaire pour communiquer s'il y a urgence. Une mini-tente aussi, au cas où je ne trouverais pas le refuge avant la nuit. Je n'aime vraiment pas qu'elle évoque cette possibilité. De toute façon, mon père est à une journée de marche de l'entrée du parc, c'est pas si loin.

— Et s'il s'était trompé, ton père ?

— Mais non.

— Et s'il avait menti aussi sur sa position ?

Le problème avec cette fille, c'est qu'elle réfléchit trop.

— Je cours le risque.

— Je vais te fournir de la nourriture pour quatre jours. Si je n'ai pas de tes nouvelles dans quarante-huit heures…

— Soixante-douze.

— ... on part à ta recherche. Tu ne seras pas encore mort.

Je l'adore.

— Le maniement du fusil, je te le montrerai là-bas.

— Comment ça, là-bas ?

— Je t'accompagne.

— Non, madame, pas question. Le garçon y va tout seul parce que c'est son père à lui.

— Je ne ferai pas le voyage avec toi : je t'accompagne jusqu'à l'entrée du parc. Il faut y aller en bateau. Je connais quelqu'un qui t'amènera pour pas cher.

— Et jusqu'au bateau ?

— On prendra un taxi.

— Hé ! À mon tour de connaître quelqu'un ! Il a le crâne rasé et un tatouage dans le cou.

— Ah ! Antoine. Je ne savais pas qu'il était sorti de prison.

— Je comprends pourquoi il connaissait les us et coutumes du dedans. Et pourquoi était-il en prison ?

— Vente illégale d'alcool, je pense.

— Ce n'est pas censé être « sec » ici ?

— Oui et non. Tu peux boire dans les restaurants, les bars. Mais tu ne peux pas acheter d'alcool.

— Le Nord est sec, disait mon père… un genre de sec, oui.

Elle se lève.

— Une question encore : Ulu, ça veut dire quoi, Iqaluit ?

— Lieu où abonde le poisson. Je serai à ton hôtel dans deux heures.

Ouais. J'ai la désagréable et soudaine impression que le poisson, en ce moment, c'est moi. Comme dans la légende de l'homme-poisson. Pas besoin de nageoires pour se faire avoir.

Patte Bleue m'attend dehors. Il m'emboîte le pas. J'arrête acheter de la nourriture pour lui, évidemment, sinon, il me contemplera vite comme si j'étais une brochette marinée dans du désodorisant. Parfois, je pense sincèrement qu'on ne voit que ce qu'on désire. Le chaton courageux voit un lion dans le miroir, le gars aux hormones au ras des dents trouve joli n'importe quel corps qui a deux seins, Élise fait exprès de ne pas remarquer toutes mes belles qualités et mes yeux si intelligents. Je devrais inventer des lunettes à cerveau qui guériraient nos neurones de leur myopie imposée par notre volonté. Enfin, des lunettes pour débusquer la beauté ; la laideur dans le cœur est toujours assez évidente. Je deviendrais riche. Je pourrais aussi plonger dans la recherche du mécanisme qui rend bleue la langue du cormoran, fabriquer une potion et ainsi éclairer bien des malentendus. Pour faire fortune, il n'y a pas mille solutions : il faut inventer quelque chose de brillant ou chanter dans un groupe, anglais de préférence.

En arrivant près de l'hôtel, je me demande ce que je ferais avec des millions. *No lo so*. C'est tout ce que je sais dire en italien. Il faudrait que je l'apprenne, car les filles adorent. Ça sonne romantique, à ce qu'il paraît. Elles adorent qu'on leur murmure des mots doux à l'oreille, encore faut-il en trouver une qui veuille que j'approche d'elle à moins d'un mètre.

Mon père était un grand séducteur, d'après ce que ma mère m'a raconté. Beau gars, artiste, sourire et cheveux d'ange, regard brillant et oreille attentive. Rien du conquérant, tout du complice. Tellement gentil que ses ex-blondes l'appellent encore. Pourquoi a-t-il fallu qu'il aime ma mère ? Pour que je naisse, j'imagine. Et parce qu'elle seule aurait la patience et la générosité de lui tenir la main pendant sa dérive des continents. Le voilà qui a dérivé en Meta Incognita Peninsula, et c'est moi, qui ai toujours voulu le mettre dehors, qui irai à sa rescousse. Et si j'arrivais trop tard ? Est-ce que j'aurais de la peine ? Ou serais-je plutôt soulagé ? Et si j'arrêtais de me poser ces questions ? Le problème, c'est que j'ai besoin de comprendre. Tout.

Comprendre pourquoi la tortue géante peut vivre cent soixante-dix-sept ans, mais pas nous ; pourquoi l'hippocampe est le seul mâle qui ait la possibilité d'accoucher ; pourquoi on a encore le droit de tuer des taureaux dans les corridas ; pourquoi la planète Vénus tourne dans le sens contraire des autres ; pourquoi je ne suis pas aussi intelligent que Léonard de Vinci ; comment Jules Verne a pu imaginer avec autant de précision les premiers voyages sur la Lune ; pourquoi abattre des arbres pour les transformer en sacs d'épicerie ; pourquoi c'est toujours le meilleur professeur qui s'en va ; pourquoi les dinosaures ont disparu ; pourquoi fait-on toujours la guerre ?

Hein, Patte Bleue ? Pourquoi tout ça et le reste ? Le sais-tu ?

N'empêche, ce chien a un regard plus intelligent que la moitié des joueurs de la ligue de basket.

Allons de ce pas prendre une longue douche. C'est la prochaine qui vaudra la peine, dans deux jours. Mettons trois.

***

Ulu frappe à ma porte. Elle est chargée comme une monitrice de camp de vacances qui part à la plage avec douze enfants.

— Il faut vraiment que je rentre tout ce matériel dans mon sac ?

— Non, dans celui-ci. Je t'en ai apporté un qui contient plus et qui va mieux répartir le poids.

— Si je réussis à marcher un kilomètre par jour avec ce sac sur le dos, ça va être beau. Il y a de la nourriture pour combien de temps déjà ? Un mois ?

— Si je peux le faire, tu le peux, toi aussi.

— Toi ? Tu transportes un centre commercial complet sur ton dos ?

— Hé, tu n'as pas vu mes muscles !

— Je peux ?

Un gars s'essaye.

— Si tu reviens cet été.

— Raté.

— Récapitulons.

On révise le fonctionnement de tout, les règles de sécurité, elle me laisse les livrets d'instructions pour le téléphone, le GPS et le Primus, un petit poêle à un rond qui me servira aussi à me chauffer. J'ajoute des *hot paws*, à mettre dans mes bottes et mes mitaines. À la rigueur, dans mes culottes.

— Tu vas porter ces bottes-ci : elles résistent à du moins cinquante.

Elle me donne un cours de cuisine de base, à savoir comment mélanger un sachet de rôti de bœuf en flocons avec de l'eau. Je ne dois rien laisser traîner dans le parc, même pas mon papier hygiénique, à cause des ours. Charmant.

C'est rassurant de savoir que je ne vais pas mourir gelé, mais seulement dévoré par un ours. Il faudra d'abord qu'il se batte avec la fermeture éclair de mon manteau. Quoiqu'un ours ne doive pas se préoccuper trop trop de ce genre de chose. Peut-être qu'il pourrait manger Patte Bleue avant ?

Le chien me regarde avec ses yeux doux.

Excuse-moi, Patte Bleue, c'est pas fin.

Ulu essaie de se faire rassurante :

— Je ne crois pas que tu rencontreras un ours à l'intérieur des terres. Ils rôdent surtout au bord de l'eau. Mais. Au cas où.

Elle me montre un tube, une cloche.

— C'est du poivre de cayenne. Ça peut aider. Tu lui en lances dans les yeux et tu te sauves.

— Es-tu sérieuse, là ? Il aura le temps de me tuer dix fois !

— N'oublie pas de faire du bruit. Chante. Ça les éloigne.

— Quand ils vont m'entendre chanter, c'est sûr qu'ils vont s'éloigner.

— Et dans un cas extrême…

Un fusil ! Ouch ! Je suis impressionné. Je suis un gars de la ville, moi, et les seules fois que j'ai tiré sur un animal, c'est avec ma manette de jeu vidéo ou des touches d'ordinateur. Je ne peux pas croire que j'utiliserai un fusil. Peut-être pas. C'est quand on n'a pas de chasse-moustiques qu'ils se jettent sur vous. Qu'on n'a pas sa crème solaire que le soleil tape le plus fort. Qu'on n'a pas de condom qu'une fille veut. Donc, si j'ai un fusil, je ne verrai pas d'ours.

— Prêt ? Antoine doit nous attendre maintenant.

— Prêt pas prêt, j'y vais. Allez, Patte Bleue, c'est parti.

Je retrouve mon chauffeur de taxi tatoué récemment libéré, mais je décide de ne pas aborder le sujet. Il nous mène vers un quai où un bateau m'attend.

— Ça m'a fait plaisir de te rencontrer, le jeune, dit Antoine en repartant.

M'a ? Sympathique.

On embarque, mais le capitaine refuse de

démarrer. Il argumente un moment en inuk-
tichose avec Ulu, en montrant Patte Bleue,
puis s'installe aux commandes.

— On y va. Assieds-toi.

— C'était quoi, le problème ? Il n'accepte
pas les chiens ?

— Oui, sauf qu'il ne voulait pas prendre
celui-ci.

— Ah, oui, la légende. Tu l'as convaincu
comment ?

— Je lui ai dit ce que tu as pensé : que
c'était de la peinture.

— Indélébile.

— Ouais...

Il faut que je me rappelle que novembre
n'est absolument pas le moment idéal pour
faire du bateau. Frisquet. Ce qui m'étonne,
c'est que personne ne me pose de questions.
Le jeune homme veut aller marcher dans le
parc ? Parfait, qu'il y aille. Ça me change de
ma mère qui angoisse encore quand je prends
le métro. Peut-être le métro est-il plus dangereux ? Patte Bleue, le museau dans le vent,
a l'air d'avoir pris le bateau toute sa vie. On
accoste, Ulu m'accompagne : voilà l'entrée
du parc.

— Tu es bien certain de ne pas vouloir
rebrousser chemin ?

— Pas du tout.

— Tu as peur.

— Évidemment ! Mais j'irai. Ça me fera une histoire à raconter en rentrant chez moi.

— Si tu suis le chemin comme il faut, tu seras au premier refuge bien avant la nuit. Ton père s'y trouve peut-être, même probablement. Tu peux y arriver.

— Tu penses ?

— Oui.

— Merci, à part ma mère, tu es la seule qui croit en moi.

— La seule ?

— Vérité vraie.

Elle me fait un sourire exquis. Elle est très, très jolie.

— Bonne chance, Tom. Tu me contactes quand tu veux et je reviendrai te chercher. Enfin, quand tu peux. Tu dois savoir que l'endroit où tu es et la météo peuvent empêcher le téléphone de fonctionner.

— D'accord. Oh, avant de partir, dis-moi, pourquoi fais-tu tout ça pour moi ?

— Parce que tu me l'as demandé.

— Tout simplement ?

— Mais oui.

— Ah bon.

J'aurais aimé qu'elle me saute au cou et

m'avoue que c'était parce qu'elle était tombée follement amoureuse de moi.

— Bon, salut, lui dis-je, faute de grandes déclarations.

— Tu le retrouveras, j'en suis sûre.

— Comment tu le sais ?

— Je ne le sais pas du tout. Je veux juste t'encourager.

— Merci. Bon, salut.

— Salut. Tu vas dans la direction de l'inukshuk, là-bas.

Elle indique au loin un bonhomme de roches.

— Salut.

— Tu repars tout de suite vers Iqaluit ?

— Oui.

— OK. Salut.

— Salut.

Quand on l'a dit quatre fois, il faut obligatoirement et naturellement s'en aller. Je tourne les talons, Patte Bleue me suit avec entrain, et Ulu s'en va. J'entends le moteur du bateau démarrer. Et me voilà fin seul.

Qu'est-ce que je fais là ?

Exactement ce que je voulais.

Premier constat : j'ai les jambes molles.

Deuxième constat : je transpire malgré le froid.

Troisième constat : Ulu a oublié de me montrer comment manier le fusil.

C'est une chose de s'imaginer marchant fièrement dans la toundra, cheveux au vent, accompagné de son fidèle chien et sifflant de contentement. Ça en est une autre de marcher réellement dans la toundra, capuchon bien fermé, accompagné d'un chien que je ne connais pas et chantant pour éloigner les ours. Si ma mère savait, elle enverrait l'armée me chercher. Si mon père savait, il n'en reviendrait pas. Moi-même, je suis un peu étonné de ma témérité. J'ai fait mon fin devant Ulu, le gars courageux, de la graine de ces explorateurs qui n'écoutent que leur instinct chimérique et leur soif d'inconnu pour avancer vers des terres inexplorées. À cet instant précis, je doute un peu.

Bon, Tom, tu ne vas pas commencer ça : qu'est-ce que tu en tireras ? Inutile de te conter des peurs, tu es tout seul et le resteras. Une journée, si tu trouves ton père où il est censé être. Trois, si tu ne le trouves pas, car Ulu viendra te chercher. Elle ne m'a pas dit comment, par contre.

Elle a l'air de bien s'y connaître, comme ça, et je lui ai fait confiance tout de suite parce qu'elle est d'ici ; mais ça ne signifie pas qu'elle soit sortie bien loin de Iqaluit. Elle n'est pas plus vieille que moi. Ses parents n'ont pas dû la laisser partir toute seule dans la jungle locale ! Elle a peut-être voulu m'impressionner et m'a raconté n'importe quoi. Non, ça m'étonnerait. Et puis elle m'a apporté à manger à l'hôtel alors qu'on se connaissait à peine, c'est incroyablement gentil de sa part. Je lui ai fait confiance parce qu'elle a pensé à moi, tout seul et affamé dans la tempête. Et aussi parce que c'est la seule personne à qui j'ai parlé, à part le chien. Mais il n'est pas une personne. Enfin, je crois.

Me voici en pâture non seulement aux animaux, mais aux fantômes et autres créatures fantastiques qui peuplent les terres de roches, je n'en doute pas une seconde. Je rencontrerai peut-être un inukshuk parlant, le renard de Saint-Exupéry devenu blanc, un vent maléfique, une roche maudite. Il faut dire qu'il n'y a pas grand-chose ici, ce qui diminue les probabilités de rencontres fâcheuses.

Oh ! Qu'est-ce que tu m'apportes là, Patte Bleue ? Une roche ? Eh bien, tu n'as pas fini d'en apporter parce qu'il y a juste ça, ici. Tu es gentil, merci. C'est un beau cadeau, une belle roche.

Oui, une très belle roche. Dorée, lignée de rose. Tiens, elle a une forme de cœur. Parfait.

Si ma blonde me donnait une telle roche, je trouverais ça quétaine, mais puisqu'elle vient de mon chien, c'est super génial. Mon chien, c'est vite dit. Il n'est pas vraiment à moi.

Es-tu certain que tu trouverais ça quétaine de recevoir un cœur, Tom ? Tout ce qui vient de quelqu'un qu'on aime est un trésor, il paraît. Tu dis ça pour te montrer au-dessus de ce genre de détails romantiques qui peuplent les rêves des filles, mais au fond, et puisque personne ne t'entend, tu peux bien l'avouer : tu aimerais bien recevoir un cœur de roche d'une beauté aux yeux admiratifs et aux veines palpitant au rythme de la pompe qui nourrit de rouge nos espoirs, nos chimères et l'amas de cellules que nous sommes. Bon, je la garde, cette roche.

Quand j'étais petit, je collectionnais les roches. J'en avais même trouvé qui contenaient des fossiles. J'en ai des boîtes pleines à la maison. Je collectionnais aussi des capsules de bouteilles et des élastiques. Un peu maniaque finalement. «Non, Patte Bleue, il ne faudra pas m'en rapporter d'autres, mon sac est déjà assez lourd comme ça. Bon, on va où ? Tu as l'air de savoir où tu t'en vas. À moins que je veuille penser que tu le sais. Et si tu allais simplement nous perdre ? Attends,

je sors le GPS. *Ground Positioning System.*
Gros Party Samedi. Gars Pas pire Sauté. Genou
Pété au Soccer. Gossage Paisible Solitaire.
Ouais, ça dit qu'on est ici, N63 33 W68 45.
Bonne nouvelle : il y au moins ça de sûr et
certain. Viens, Patte Bleue, le N63 32.4 W68 47
nous attend. À moins qu'on aille jusqu'au
N63 31.53 W68.57. »

C'est parti.

***

J'ai remarqué son sourire en coin : il a vu
le cœur dans la roche. Je n'ai pas eu à cher-
cher longtemps, mais j'ai hésité, car j'avais
aussi trouvé un poisson, un bateau, un chat en
boule, un iglou. Le cœur était le plus évident.
Tout le monde a cherché les formes dans les
nuages qui bougent et s'étirent, créent et se
défont, chevaux blancs à la crinière en volute,
crabes aux pinces douces, vaisseaux fantômes
sur flots de crème, chiens dont les pattes
s'allongent pour devenir nageoires de poisson
volant. Dommage qu'à partir d'un certain âge
on ne voie plus que la pluie qui s'en vient
avec le ciel qui s'engrisonne. *Encore faut-il*
regarder en l'air : plus souvent qu'autrement,
on ne fixe plus que nos pas sur le sol.

Je prends plaisir à trottiner à ses côtés. Je sens sa peur, son inquiétude, et ne pourrai, hélas, lui éviter la détresse.

Je me demande ce qu'il fera devant l'ombre de la mort qui l'attend.

LOUIS

— Vis, Tom, il n'y a que ça d'urgent.

Je le crie haut et fort, en espérant que le vent porte mes paroles jusqu'à toi. Je sais que tu m'attends à l'hôtel, que tu rages contre moi, encore déficient, en retard à notre rendez-vous. Attends avant d'envoyer du secours. Attends un peu.

Chapitre 5

L'ours qui nourrissait
un oiseau

Charles Lindbergh n'avait que vingt-cinq ans quand il réalisa, seul, la première traversée New York-Paris. C'était en 1927 et il n'avait apporté avec lui que deux sandwiches et une bouteille d'eau. Le vol dura trente-trois heures et trente-deux minutes. Alors, il n'y a pas de raisons pour que, moi, à seize ans, je ne puisse pas marcher seul une douzaine de kilomètres dans la toundra. D'autant plus que je ne suis pas seul, Patte Bleue est avec moi. Je compte sur lui pour flairer un danger alors que celui-ci sera encore loin. On aura bien le temps de décamper. Sauf que. Je dois dire que. Admettre que. Avouer que. Je suis pas mal loin de ma mère !

Je marche depuis deux cents heures au moins dans le royaume du minéral en pensant qu'à part mon père qui est quelque part, il n'y a pas âme qui vive. OK, partons la machine.

Imaginons que je viens d'être téléporté sur une planète inconnue avec mon fidèle compagnon, un habitant de la planète Wouf, à l'intelligence supérieure, qui ressemble étrangement à ce que sur Terre nous appelons «chien». Descendant direct de la dynastie des Caniches royaux, Patte Bleue est un représentant de la confrérie des Crocs d'enfer. Son mandat est de me protéger dans ma quête pour sauver un humain oublié par hasard par son vaisseau qui, ayant atterri ici juste pour voir, a redécollé parce qu'il n'y a rien d'intéressant dans le coin. Patte Bleue a un pouvoir d'attaque de niveau 40, une défense de 300, et son haleine lance un cône de glace qui paralyse n'importe quel ennemi. Et comme il a une réserve de vies inépuisable, on est *tiguidou*.

Ouais. Pas fort. Ça m'occupe l'esprit, oui, sauf que je ne me crois pas une miette. C'est étrange, mais le lieu ne porte pas à se raconter des niaiseries. Plutôt à se raconter des peurs. Ou non, à ne rien se raconter. Enfin, je ne sais pas vraiment à quoi penser. Comme s'il devait se passer quelque chose d'important dans ma tête et que je suis trop épais pour ça. En fait, ce n'est pas tant mon cerveau qui bouillonne que mes sens. Ils sont tous en position de défense et on dirait que je n'ai jamais si bien vu, si bien entendu. J'ai des yeux tout le tour de la tête et une ouïe plus fine que de coutume. Je suis peut-être en train de me changer en chien. Bientôt, des poils pousseront sur mes mains, j'aurai le nez tout le temps mouillé et je serai pas mal moins difficile pour la bouffe, ce qui me rendrait service pour ce petit voyage au cœur de nulle part. Je m'enroulerai sur moi-même pour dormir et grugerai un bâton pour me calmer les nerfs. Si j'en trouve un. Les arbres ne poussent pas dans ces latitudes, et je ne comprends pas comment il peut même y avoir de la vie. Le silence est d'ailleurs ce qui est le plus terrifiant en ce moment. Quoique. Si soudain j'entendais du bruit, ce serait pire.

Il fait froid. Très froid. Le soleil commence déjà à décliner à l'horizon. Selon le GPS, je suis sur le bon chemin. Courage, Tom, l'hôtel quatre étoiles t'attend sous forme d'un refuge de quelques planches. Je vais monter ma tente dedans, et j'espère que le Primus arrivera à chauffer suffisamment le palace pour faire fondre la glace dans ma naissance de moustache. Je ne vais pas me raser ni me laver. Ça me rappellera mes voyages de canot-camping en groupe, quand je descendais une rivière, traversais des rapides et mangeais des pâtes sauce au sable. L'eau était toujours glaciale, la forêt infestée de maringouins et de brûlots, et, évidemment, on avait droit à l'orage démentiel avant d'installer la tente. J'y allais toujours avec Pat, mon fidèle ami imbattable aux jeux vidéo, mais nul avec une rame dans les mains. Je l'avais surnommé « l'homme des bois » en cachette, par pure dérision, puisque mon ami était l'être le plus inutile de l'expédition et que personne ne voulait de lui dans son canot. Je ramais tout seul, mais Pat était mon ami. Je crois que je prenais même un certain plaisir à le protéger : chacun ses forces.

Je parle comme un vieux de ses souvenirs alors que notre dernière expédition, on l'a faite il y a deux ans. À bien y réfléchir, ça me rassure sur mes capacités à me débrouiller dans la nature. Donnez-moi un canot, un couteau, une tente et de la bouffe acceptable, et je vous emmène en toute sécurité voguer sur une rivière. Je sais traverser des rapides R3, monter la tente, faire du portage, du feu avec du bois humide, je sais cuire une omelette, des fèves, réchauffer n'importe quoi et raconter des blagues. Je connais le bouche-à-bouche, les premiers soins, tous les nœuds de bateau. Youppe-youppe-sur-la-rivière !

Mais je ne suis pas sur l'eau, et Pat n'est pas là à nuire à la troupe, donc, à affermir mes décisions. M'obstiner avec lui m'a toujours conforté dans mes choix, car c'est en se mesurant qu'on clarifie nos hypothèses. Ici, personne dont il faut me soucier pour être sûr de moi-même.

— Sais-tu, Patte Bleue, que si tu n'étais pas là, je me mettrais à pleurer ? Non, tu ne sais pas. Tu attends de moi qu'on vive une jolie aventure et que je te protège. Bien, tu seras mon Pat. Tu pourras compter sur moi. Patte Bleue ?

Je lui parlais, il m'écoutait, il n'a pas fait attention, c'est de ma faute ! Merde !

— Patte Bleue ! Mon beau Patte Bleue ! Je vais te sortir de là !

Pense vite, Tom, le jour décline déjà. J'espère qu'il n'a rien de cassé. Dépose ton sac, cherche la corde. La voilà. Comment m'y prendre ? La glace a craqué sous son poids, le trou est profond. Il gémit. Il n'y a rien de pire qu'un chien qui pleure.

— Ne bouge pas, mon chien, là, regarde, tu vois mon foulard ? Je vais le passer autour de toi et te tirer avec la corde.

Même si je m'allonge et étire les bras, il est trop loin. Je ne peux pas descendre là-dedans :

impossible de remonter. Non, je dois descendre. Un rocher solide, j'ai besoin d'un rocher solide. Celui-ci. Non, il ne supportera pas mon poids. Celui-là. Hum... pas sûr. Celui-là, plus loin : oui, parfait.

J'enroule la corde, l'attache serrée avec le nœud en huit, je tire : du solide. Ma corde sera-t-elle assez longue ? Je l'attache autour de moi. J'espère qu'il y a des anfractuosités pour que je puisse poser les pieds quelque part. Oui. Doucement, Tom, tiens-toi solidement. Lentement, c'est ça, un pied après l'autre.

— J'arrive, Patte Bleue !

Ça glisse, des cailloux se détachent. J'espère qu'ils ne vont pas frapper Patte Bleue. J'ai chaud tout à coup comme s'il faisait quarante degrés. Mes mitaines n'ont pas de prise. Pause. Je les enlève. Aïe ! C'est froid ! Quelques pas encore. J'y suis. La corde a tenu. Évidemment, elle est un peu courte.

— Ça va aller. Oui, je suis là. Alors, comment vont tes pattes ? Montre. Mets-toi debout : tu peux ? Oui. OK. Rien de cassé. Oh ! La droite te fait mal. Foulée ? J'espère que non parce que je ne pourrai pas te transporter ! Je vais te fabriquer un harnais avec mon foulard, commmmmme ça. Bien. Le tout est d'attacher la corde à ton dos, de remonter et de te tirer. Tu vas y arriver. Prêt ?

J'ai fait de l'escalade sur les murs de l'école, mais, là, c'est moins drôle. Il faut que j'enfile mes mitaines, sinon mes doigts vont tomber. Même si je suis maigre, je suis pas mal plus lourd que je pensais. Je me souviens que je riais quand je voyais escalader ceux qui avaient les deux pieds dans la même bottine. Je ris moins, là. C'est plus facile de se laisser glisser en bas que de remonter en haut. Il faudrait que je parvienne à sécuriser au moins une botte. Elles sont où, les bottes à clous, quand on en a besoin ? Bon, un pied. Je tiens par le bout des orteils, mais ça ira si je réussis à trouver un autre appui dans moins de trente secondes. Bon, un bout de roche. Coudonc, j'ai des pieds de géant !

— Ça s'en vient, mon chien !

Vive le bouclier canadien ! J'aurais pu me retrouver devant un mur de terre trop friable. Encore un effort. Voilà. T'es à mi-chemin. Ne lâche pas, Tom. Y a personne pour te rattraper ici. T'es tout seul, Tom, tout seul. Pas de panique. Tu m'entends ? Pas de panique. Concentre-toi.

La sueur sur mon front gèle à mesure. Pas le temps d'arrêter. Continue sur ta lancée.

Allez, hisse ! Un dernier coup et tu seras en haut. Un autre. Voilà.

J'y suis. J'ai l'impression d'avoir escaladé une montagne et c'est à peine trois mètres ! Ouf ! Bon, le chien. Il doit bien peser autour de cent kilos, lui. Aïe ! La nuit arrive vite. Bientôt, je ne verrai plus rien. Dépêche-toi, Tom. Tiens, voilà une phrase que j'ai entendue dans la bouche de ma mère tous les matins de jours d'école, primaire et secondaire ensemble. Bon, je tire.

Un, deux, trois, aide-moi si tu peux !

Ah ! l'espèce ! J'ai à peine tiré ! Un peu de travail avec ses pattes arrière et, première chose que j'ai sue, je me suis retrouvé sur les fesses pour avoir mis trop d'effort !

— Tu aurais quasiment pu te sortir de là tout seul ! C'est un peu… chien ! Je n'ai jamais vu ça de ma vie, un chien paresseux ! Et tu sauras que je ne la trouve pas drôle ! Tu peux bien me lécher la main, c'est un minimum. Et puis, non, tu n'aurais pas pu grimper si je ne t'avais tiré. N'est-ce pas ? Dis-moi que je t'ai sauvé ? Oui. Je t'ai sauvé, c'est décidé. Sans ça, c'est trop nul. Puis maintenant, rends-toi utile et trouve le refuge. Et vite !

Non, je n'hallucine pas : Patte Bleue boite. Un peu. Mais il marche. Qu'est-ce que je fais ?

Je profite du peu de clarté qui reste pour monter ma tente ou je continue encore un bout ? Pourtant, ce devrait être tout près… Respire, Thomas, respire profondément et avance. Ne laisse pas voir au chien que tu as peur : ça pourrait l'inquiéter. Le faire fuir ? Je ne veux même pas que cette possibilité effleure mon cerveau bouillonnant.

Et puis, tout à coup, la voilà, la cabane, bien à l'abri derrière un monticule. Je suis sauvé, moi aussi, pour aujourd'hui. Je vais m'y enfermer, dévorer un délice en poudre, me glisser dans mon sac-momie et dormir. Dormir. La paix, la sécurité. Maman ! Venez me chercher, quelqu'un !

N'empêche : je me suis rendu.

Hein, Patte Bleue ? On a passé à travers pour aujourd'hui ! Patte Bleue ? Bon, c'est quoi ? Qu'est-ce que tu sens, le nez en l'air et la gueule à moitié ouverte ? Patte Bleue ! Patte Bleue ! Où tu vas ? Ta patte ! Reste avec moi !

C'EST QUOI, ÇA ?

Je rêve : un être humain s'approche dans le presque noir. Est-ce un maniaque ? Une créature démoniaque ? Un chasseur inuit ? Mon… père ? Je ne distingue pas son visage, caché dans son capuchon. Devrai-je me battre à mains nues ? Calme-toi, Tom, calme-toi. Fais comme si c'était normal de rencontrer quelqu'un sur la Lune. Patte Bleue sautille autour. La forme humaine m'envoie la main. Mais…

— Qu'est-ce que tu fais là ?

Ulu vient de montrer le bout de son nez au milieu de ce qui ressemble à dix renards cousus ensemble.

— Je ne pouvais pas te laisser tout seul. Je suis revenue pour te protéger.

— J'ai un être de Wouf pour ça.

— Pardon ?

— C'est trop long à expliquer. Tu sauras que je me débrouille très bien tout seul et que je me sens comme dans mon salon.

— Tu m'as dit que tu avais peur, quand je t'ai quitté.

— Moi ? Peur ? Voyons donc ! Ça a duré cinq minutes, c'était normal, l'inconnu, mais plus maintenant. C'est gentil de vouloir me « protéger », sauf que tu n'as pas d'affaire ici.

Ne pousse pas trop quand même, Tom. Veux-tu vraiment qu'elle reparte ?

— Tu m'as suivi, c'est ça ?

— De très loin…

Et voilà, c'est simple. La jeune amazone

débarque pour venir humilier le gars qui s'arrangeait parfaitement sans elle.

— Évidemment, le bateau est reparti et je ne peux pas te chasser, c'est ça ?

— C'est un peu ça.

— Un peu ? Complètement, oui ! Tu t'en retournes demain matin. Il est où, le téléphone ? Il y en a donc, des pochettes, sur ce sac-là… Ah, le voilà. Donne-moi le numéro du capitaine.

— Tom, j'aimerais rester.

— Et pourquoi donc ?

Elle affiche son plus joli sourire, quoique un peu raide et un peu bleu de froid.

— Juste pour être avec toi.

Un petit haussement d'épaules, faussement timide, faussement coupable. Miss Brunette, tu viens de me donner la seule raison valable pour te garder.

— OK. Mais je t'avertis : je ne vais pas te tomber dans les bras.

— C'est le gars qui dit ça ! C'est justement pour ça que j'ai envie de venir avec toi.

Mauvaise réponse, ce coup-ci.

Ulu vient de ruiner mon exploit de la traversée du désert en solitaire. Mais je suis maudittement content de la voir pareil.

— Entrons ! Pourquoi il boite, Patte Bleue ?

— Je te raconterai quand on sera installés.

— Et moi, je te raconterai l'histoire de l'ours qui nourrissait un oiseau.

— Je n'ai pas trois ans !

— Et alors ?

Une chose est sûre : mon père n'est pas dans le premier refuge.

***

— Il y avait au village une chamane qui passait plus de temps à visiter les créatures du fond de la mer qu'à s'occuper des gens. Avait-on besoin d'une séance de guérison pour un malade, d'une prédiction, d'un oracle ? Elle était toujours disparue dans les grands fonds. Son mari, un jour, décida de prendre une autre femme et, quand la chamane revint chez elle après trois mois, elle trouva l'iglou vide et froid. Fâchée, elle changea la femme qui avait accueilli son mari en mergule.

— C'est quoi ? Une sorte de merguez ?

— Un oiseau. Le petit oiseau dut vite s'envoler car, déjà, des chiens l'attaquaient, et un enfant, le sien, lui lançait une pierre. En chemin, elle rencontra un chasseur qui lui tira dessus pour la manger. C'était son nouveau mari, l'homme qui était auparavant avec la chamane. Blessée à l'aile, elle tomba dans la neige et son mari, qui ne savait pas que c'était elle, décida de la dévorer, toute chaude, et se prépara à lui tordre le cou. La chamane, qui s'était transformée en carcajou pour la suivre et la tuer, fut bien contente et s'en retourna. C'est alors que Nanuk…

— Na quoi?

— Nanuk, ours polaire. Nanuk, qui de loin avait senti l'odeur de l'homme, arriva devant lui. L'homme et les chiens se sauvèrent, et l'homme laissa tomber le mergule blessé. Nanuk renifla le sang et allait manger l'oiseau, quand il se mit à chanter. Nanuk, qui avait déjà été un homme, fut séduit et il soigna l'oiseau. Tous les jours, il lui donna un peu de viande et la femme-oiseau reprit des forces.

«Passa par là un chaman d'un autre village, qui délivra la femme de son mauvais sort. Elle décida de rester pour toujours avec Nanuk. Plus tard, le fils, ayant appris que la chamane avait changé sa mère en oiseau, plongea dans l'océan, la retrouva, combattit avec elle et lui vola ses pouvoirs. Il devint chaman à son tour et chercha l'ours qui avait nourri un oiseau. Il retrouva sa mère et Nanuk. Ils firent un festin de poisson gelé, et sa mère accoucha d'un ours. Les deux frères devinrent inséparables, et ainsi se termine mon histoire.

— C'est ça ?

— Oui.

— Ça n'a pas de sens.

— Pourquoi ?

— Ça ne va nulle part.

— Et pourquoi cette histoire devrait-elle avoir un sens, tel que tu l'entends ? Pour moi, elle en a plusieurs. Ne serait-ce que d'exister. De te l'avoir racontée. Que tu l'aies écoutée. Peut-être qu'elle existe juste pour qu'il y ait cette conversation entre nous.

— Oui, mais elle n'est pas logique.

— Et pourquoi devrait-elle être logique ?

— Oui, bon, on part de loin… Un début, un milieu, une fin, les règles de base du texte, une évolution des personnages. Et une logique essentielle.

— Ce que tu as entrepris, trouver ton père, va contre toute logique et, pourtant, c'est ton histoire.

— Tu sais quoi ? Je suis un petit peu fatigué pour les discussions littéraires. Je vais dormir là-dessus et essayer de digérer la pâte immonde qui nous a servi de repas.

— Je chasserai demain.

— Tu n'as pas le droit, tu n'es pas inuite.

— Et alors ?

— La prochaine fois que tu me réponds «et alors ?», je te laisse derrière.

— Et alors ?

— Dors !

Cette fille est bizarre. Je n'arrive pas à la saisir, à la comprendre. Elle n'a pas de sens. Comme l'ours qui nourrit un oiseau. Elle est d'une autre espèce. Et elle me plaît de plus en plus. Dans notre histoire, pour le moment, c'est elle, l'ours, et moi, l'oiseau. Attends que je me change en homme, toi !

Question à moi-même : est-ce qu'elle me plaît parce que je ne la comprends pas ?

Chapitre 6

L'effet bouclier

Jupiter est une sorte de bouclier de la Terre : sa force d'attraction attire vers elle nombre de comètes et de cailloux qui autrement viendraient tout droit sur nous. À une échelle plus petite, il y a des gens, comme Élise, qui attirent, entre autres, les maringouins. Cela fait d'elle une personne infailliblement invitée dans toutes les randonnées en forêt au mois de juin.

Peut-être que la blonde ou le chum qu'on doit chercher, c'est celle ou celui qui sera un bouclier. Ou doit-on être soi-même un Jupiter ? Attirer vers soi les roches qu'on sait pouvoir absorber et neutraliser pour protéger ceux qu'on aime ? Il aurait fallu que ma mère ait sa planète Jupiter à elle, qui l'aurait protégée des attaques des gènes fous. J'espère que son traitement ne la rend pas trop malade.

Voilà la pensée qui m'habite, dans ce royaume du caillou-genou-pou-joujou. Emmenez-en de la pierre à savon, de la pierre à pierre, de la pierre à terre. La neige s'est engouffrée dans les creux, les interstices, les espaces entre les roches, telle une colle blanche. On ne sait pas très bien si c'est elle qui veut s'emparer des roches ou le contraire. Pour l'instant, on observe l'équilibre. Le zèbre est-il blanc avec des rayures noires ou noir avec des rayures blanches? C'est tout de même fascinant, le fil que peut suivre un cerveau, passant de Jupiter à la savane africaine. J'ai peine à me suivre moi-même.

Je pourrais tout aussi bien penser qu'on a réussi à séquencer une protéine de collagène de tyrannosaure vieille de soixante-huit millions d'années, et à découvrir qu'elle avait cinquante-huit pour cent de similitudes avec la protéine de collagène du poulet. Durant le crétacé, T-Rex chantait peut-être «Cocorico» avant de fondre sur sa proie.

Ou bien encore, je pourrais me souvenir qu'un parasite modifie le comportement du rat de telle sorte qu'il n'a plus peur des chats et se laisse ainsi attaquer et dévorer par eux.

Patte Bleue et moi nous amusons à marquer le territoire autour du refuge. L'homme et son chien mêlent leur urine à l'unisson en plein cœur de la toundra. Il sautille gaiement et ne boite déjà plus. Miracle orthopédique ? Mais non ! Les légendes guérissent tout de suite, voyons. Qui de nous deux est le bouclier de l'autre ?

Ulu sort du refuge.

— Eh, Ulu, serais-tu un bouclier par hasard ?

Ma question n'a même pas eu l'air de la surprendre. Normalement, elle aurait dû s'exclamer : « Pardon ? De quoi tu parles ? »

— Pour protéger quelqu'un ou quelque chose ?

J'aime les personnes auxquelles on n'est pas obligé de tout expliquer.

— Exact.

— Je ne crois pas. Et toi ?

— Laissez venir à moi les petites roches... Je le suis pour ma mère, je pense, et je le deviens pour mon père, on dirait.

— Tu l'es vraiment ou tu veux l'être ?

— Ah ! Je savais que tu étais une vraie fille, au fond : tu plonges dans la nuance et tu compliques déjà les choses. Tu as bien dormi ?

— Très bien. Et toi, tu es un vrai gars : comme tu n'as pas de réponse, tu essaies de me faire croire que ma question n'est pas valable. Répète après moi : je ne sais pas. C'est facile et ça ne fait pas mal.

— Tu en connais tant que ça, des gars, pour avoir observé cette caractéristique ?

Est-ce possible ? Je suis jaloux ! Et ce petit sourire en coin qu'elle a n'a rien pour me calmer les hormones.

— Pas mal, oui. Tu as faim ?

— On a des œufs-bacon en sachet ? Je les aimerais miroir.

Elle rit. Mais c'est qu'elle a de grandes dents, mon enfant ! Et belles.

— On va faire semblant. On a de la chance, il fait soleil.

— Excuse-moi, je dois aller derrière la cabane.

Pauvres filles ! Ce n'est pas évident de faire pipi quand on est vêtue en ours !

Ouais.

Je continue à lui parler, fort.

— Quand même, j'aimerais ça entrer dans le corps d'une fille.

Elle éclate de rire.

— Ce n'est pas ce que tu comprends. Pas sexuellement !

Et je murmure :

— Quoique... Je veux dire, j'aimerais savoir ce que c'est, être une fille, pour une heure. Tu n'aimerais pas être un gars pour une heure ?

— Oui ! Bien sûr ! Je pourrais faire pipi debout !

— Patte Bleue et moi, on s'est amusés à marquer les alentours, avant que tu sortes. Poétique intense, n'est-ce pas ?

Elle revient, en attachant son pantalon de nylon doublé, ou triplé tellement il est gonflé.

— C'est joyeux.

— Hein ?

— Joyeux, naturel.

— J'étais certain que tu trouverais ça niaiseux et débile.

Elle hausse les épaules.

— Mais non, pourquoi ?

— Parce que c'est le genre « concours de celui qui fait pipi le plus loin ».

— Et alors ?

— Les filles trouvent ça innocent, stupide.

— Pas moi. Si on était capables, on le ferait aussi. C'est correct. Il faut partir bientôt, Tom. Le prochain refuge est plus loin que celui-ci.

Elle entre. Je vais la suivre dans une minute, quand je serai remis du choc. Ulu trouve ça correct. Je n'en reviens pas ! À part ma mère — ce qui ne compte pas vraiment —, Ulu est la première personne à qualifier un amusement masculin de « joyeux ». Sans mépris, sans air supérieur. Non, mais, c'est vrai : c'est bien connu, nous, les gars, nous ne sommes que des clowns moins performants que les filles, des esclaves de nos hormones ; qu'il faut encadrer, surveiller, canaliser et empêcher de devenir des bombes de violence, des amoureux des armes, des illuminés pervers. Bientôt, pour entrer à l'université, ce sera la castration obligatoire !

Je ne m'habitue pas, moi, à cette déconsidération habituelle qu'on nous sert. À l'école, les filles énergiques « prennent leur place ». Les gars énergiques, eux, sont potentiellement dangereux s'ils ne font pas trente heures de sport par semaine. On n'est pas actifs, vifs, audacieux, forts, braves, déterminés, résolus ; on est des cas de Ritalin. Mais on est drôles : voilà ce qui nous sauve. Heureusement pour l'humanité, certains scientifiques annoncent la disparition du chromosome Y dans quelques millions d'années. Que des XX. Que des femmes. Hum. J'aimerais être à la place d'un des derniers Y : toutes pour lui.

Ulu vient de marquer un point. Immense comme une étoile. Comme son nom… Qu'est-ce qui serait le mieux : que j'en fasse ma blonde ou mon amie ? Qu'est-ce qui est le plus précieux ? Peut-on avoir les deux en même temps ?

Que penses-tu de ça, Patte Bleue ? Es-tu content d'être un mâle ? Sais-tu seulement que tu en es un ? Oui, toi, c'est ton estomac qui te guide. Viens, que je te nourrisse un peu. Tu sais quoi ? Je suis jaloux de tes testicules ! Ne répète ça à personne.

* * *

Ces deux-là marchent en silence, côte à côte. Tom a tenu à transporter la charge la plus lourde. Il est grand, fort. Je le vois, ce grand gars, utile. Mais il devra aussi trouver son utilité dans le monde. Trouver sa place, qu'elle soit ici, ailleurs ou partout. Ou faire sa place dans chaque lieu où il sera. Dans un cas comme dans l'autre, ce sera difficile. Pour certaines personnes très douées, les difficultés ne sont pas des obstacles mais plutôt des défis. Il faut pour cela un caractère d'acier, un moral de diamant capable de couper le mur le plus dur, des épaules larges et souples comme une aurore dansante.

Ulu est attentive à la lumière qui brille, à l'ombre mouvante, au sifflement du vent. Elle fait très attention de ne laisser entrevoir à

Thomas aucune faiblesse. Pourtant, elle a peur, elle aussi, comme Tom. De cette immense solitude, du froid, de se tromper, de ne pas être aimée. Je la vois persévérante et généreuse. Elle aussi devra trouver où déposer sa bulle, qui y faire entrer et quand en sortir avec confiance.

Je gambade autour d'eux et j'aimerais les ficeler l'un à l'autre avec un fil tissé de tendresse ; mais cela n'est pas de mon ressort. Ce fil-là, ils l'ont dans leurs mains.

Ils avancent avec courage et inconscience dans ce désert de pierre. Le froid coule sur eux sans que sa morsure les atteigne. Le silence les enveloppe sans les séparer ; il les lie, plutôt, balisant leur chemin sur lequel ils ne font qu'un. C'est ainsi que ça naît, parfois, le sentiment, quand rien n'existe en dehors de ces pas qu'on fait ensemble en silence, sur une route inconnue. Cela germe sans qu'on s'y attende, alors que pourtant tout nous y mène. Mais il ne suffit pas que le sentiment vienne au monde : encore faut-il qu'il vive. Ça non plus, ce n'est pas de mon ressort. Je ne pouvais que les amener à se voir.

Cependant, ils ne marchent pas sans but. C'est parfois en cherchant autre chose qu'on

se trouve. Cette autre chose, pour Tom, est
son père. Et pour Ulu? Elle cherche avec Tom.

LOUIS

Quand on met un enfant au monde, on se dit que la vie va changer, que, pour lui, on va devenir meilleur et qu'aucun malheur ne lui arrivera tant qu'on sera en vie. Dès la toute première minute où on tient ce petit corps nouveau et fragile, c'est comme si toute notre existence trouvait son seul et unique but, sa justification, sa raison d'être. Dans ces quelques kilos réside notre avenir, tracé.

Mais l'avenir prend des airs d'habitude. Il a beau nous sourire, dire ses premiers mots, nous couvrir de câlins, il ne peut nous empêcher de devenir ce qu'on est. J'ai reculé devant la volonté enfantine de Tom d'être. Plus il grandissait, plus je rapetissais. J'ai toujours eu peur d'être le tuteur d'une jeune pousse. Je créais des œuvres, mais j'étais incapable d'encadrer celle-là. Il est pourtant venu à moitié de moi, ce Thomas. Et souvent, je me vois en lui, je vois mes manques surtout, en négatif derrière ses forces à lui.

Je me plais à penser que je lui ai servi de modèle. Tout ce que je suis, il a juré qu'il ne le serait pas. Voilà mon apport le plus positif. Un jour, un homme droit, fort, intègre, digne de confiance fera le bonheur d'une jeune femme, grâce à l'image de l'échec de son père en toutes choses.

Mais pourquoi, pourquoi est-ce que le froid ne m'a pas encore emporté ? Je crois qu'il fait soleil. Vivement la nuit, la grande.

* * *

— Tu sais, Ulu, on n'est pas obligés de parler.

— Depuis qu'on est partis, on marche en silence.

— Oui, mais je voulais juste préciser le fait qu'on peut très bien continuer comme ça.

— C'est entendu.

— C'est parce que, tu comprends, j'aurais aimé faire ce voyage tout seul, vraiment.

— Fais comme si.

— Mais ce n'est pas la même chose, tu es là.

— Je peux marcher derrière si tu préfères.

— N'exagère pas. Pour toi, ce désert, c'est du connu, c'est pas pareil.

— Non.

— Comment ça, non ?

— Je n'ai jamais traversé le parc toute seule. J'aurais eu bien trop peur. J'ai profité de ton cran en quelque sorte.

— Tu dis ça juste pour remonter mon ego.

— Crois ce que tu veux.

— Es-tu du genre menteuse ?

— Le moins possible. Toi ?

— Se taire, est-ce que c'est mentir ?

— On dit beaucoup quand on se tait. D'habitude, c'est ce que la personne en face de nous ne veut pas entendre qu'on tait. Alors, elle comprend. Si je te disais que j'étais amoureuse de toi et que tu ne me répondais pas, je saurais que tu n'es pas amoureux de moi.

Non, non, non ! Je ne vais pas l'attraper au vol et le lui demander ! J'ai bien trop peur qu'elle se taise… Mon amour-propre ? Change de sujet.

— Dis donc, ton père et ta mère, comment ils sont avec toi ?

— Très gentils. Un peu trop présents, le contraire de ton père. Le mien est toujours prêt à proposer des choses, mais je n'ai plus envie de faire des activités avec mes parents quand même ! Heureusement, ils ne jouent pas à l'ami-l'ami. Ce sont mes parents, pas mes amis.

— Bref, ta vie va bien, tes parents sont parfaits, tu n'as pas de problèmes. La vie plate.

— Tu sais, ici, c'est petit. Tout le monde sait ce que les autres font ou ne font pas. C'est comme une prison que j'aurais envie de quitter un peu. Que je vais quitter pour étudier. Sans ça, je vais finir par étouffer.

— C'est bizarre : étouffer dans le plus vaste plein air du monde !

— Oui.

— Ulu, ils savent que tu es ici, tes parents ?

— Non. Ils pensent que je suis au chalet pour deux jours.

— Au chalet ?

— Ils trouvent Iqaluit trop populeux. Alors, on a une sorte de cabane, pas très loin, mais assez isolée au bord de la baie.

— Donc, au retour, je serai arrêté par la Gendarmerie royale et accusé d'enlèvement devant la cour juvénile. C'est ça ?

— Ne t'inquiète pas, ils ont l'habitude. Je fais ça souvent, passer deux jours au chalet. Quand j'étouffe un peu. Ils comprennent.

— Tu es mûre pour partir et voyager, toi.

— Je voyage en ce moment.

Nous marchons un peu en écoutant le bruit que produisent nos bottes qui envoient rouler les plus petites roches.

— Es-tu en amour avec une fille chez toi?

Tir au but! OK, Tom, elle a dit «chez toi», elle est très prudente, elle aussi. Pense à Élise. Honnêtement, suis-je amoureux d'Élise?

— Non. Et toi?

— Non.

Je ne sais pas trop comment interpréter ça, mais je suis content de sa réponse.

On marche avec notre cher guide GPS, baptisé Djépi, dans un spectacle de fin du monde. Rien. À part Ulu — et mon père, si jamais on le trouve —, ce sera la première fois de ma vie que je ne rencontrerai pas âme qui vive sur mon chemin.

En fait, je ne sais pas pourquoi je dis paysage de fin du monde, car c'est plutôt beau, ce rien. C'est bleu, jaune, gris, blanc, c'est plein d'espace. C'est quelque chose, l'espace, quand on y regarde bien. Ça entoure, ça s'étend, ça enveloppe, ça se déroule, ça se remplit. C'est un paysage de début du monde, de possibles, d'avenir, enfin, c'est ce que je ressens, un vide tout plein, lourd de légèreté. Si Ulu n'était pas là, est-ce que je verrais seulement la transparence de l'air? Si Ulu n'était pas là, est-ce que j'avancerais si gaiement dans cette solitude si magnifique parce qu'on est deux dedans? Si

Ulu n'était pas là, est-ce que j'aurais aussi chaud ?

Patte Bleue me regarde intensément. C'est vrai que ce chien n'est pas normal. On dirait qu'il sourit ! Mais pourquoi ? Lit-il dans mes pensées ? Sait-il ce qui m'arrive ? Que je suis en train de tomber amoureux ? Et si c'était lui qui me transformait en amoureux ?

— Regarde, Tom, un inukshuk, là-bas !

On y court. Sauvés par une statue de pierre. Je n'allais tout de même pas commencer à croire réellement à la légende. Ce doit être ce désert qui provoque des mirages. On modère, jeune homme. C'est peut-être juste parce que tu es tout seul avec Ulu que tu t'imagines des choses.

Remarquez que. Dans l'avion, je me suis imaginé que j'avais un accident et que je me retrouvais seul avec Ulu, tous deux perdus à des kilomètres de toute civilisation. C'est exactement ce qui se passe. L'accident, c'est mon père. Serais-je capable de prévoir l'avenir ? Ou est-ce simplement un hasard ? Comment ça finissait, mon histoire, déjà ?

Non, mais quand même, il faut que je tâte le terrain. Si Ulu ne ressent rien pour moi, j'aurai l'air d'un *zouf* fini avec la honte entre les deux pattes, rien de moins.

Je dépose mon fardeau. On en profitera pour manger quelques insignifiants biscuits énergétiques qu'avec ma grande imagination je verrai en sandwich au jambon. Avec un peu d'effort, ça va même goûter la moutarde forte. Patte Bleue agit enfin en vrai chien : il s'éloigne un peu et se met à renifler et à creuser des trous. Il va peut-être rapporter un os d'ours.

— Viens voir ici, Tom ! Il y a des messages !

Ça, c'est bien la Terre. Tu es au milieu de nulle part et soudain s'élève une forme humaine en roches, construite par des humains, avec des messages en plus, genre « *Patrick was here, 2007* ». C'est le même principe que le pipi de chien. Je ne sais pas si Ulu trouve ça joyeux.

— Regarde, Tom : *Hélène et Jean, 2000.*

— Ici, une croix. Là, un soleil.

— Oh ! Un cœur. *T & U*. Les mêmes initiales que toi et moi ! Bizarre, non ?

Elle a ce regard en coin qui, normalement, se veut chargé de sous-entendus. Ou bien, ça aussi, je l'imagine. Parce que j'aimerais bien qu'elle les aie, ces sous-entendus.

— Ce serait quoi, leurs noms, tu penses ? demande-t-elle.

— Tania et Ulysse.

— Ou Ursula et Tristan.

— Ou Ugo et Tamara.

— Ou Uma et Thierry.

— Ou Urgence et Tapon.

Elle éclate de rire. Elle est vraiment belle !
« En allant à la recherche de son père qu'il
doit sauver d'une mort certaine, le jeune
homme trouve l'amour sur son chemin. » Je
ne payerais pas pour aller voir ce film-là.
Mais jouer dedans… Non mais, il s'en passe
des affaires dans une tête quand on n'a rien
d'autre à faire que penser ! Penser, c'est vite
dit ; plutôt, quand on n'a rien d'autre à faire
que laisser voguer ce qu'il nous reste d'esprit.
Me voilà en train de m'inventer une histoire
d'amour : ça y est, ma matière grise ramol-
lit. Le soleil tape sur mon capuchon, et la
distorsion causée par l'épaisseur de plumes
multiplie les effets nocifs des rayons sur mon
cerveau.

Je m'allonge et offre trois bons centimètres
carrés de joue au soleil.

— Savais-tu qu'une âme doit peser moins
qu'une plume pour entrer au paradis des Égyptiens ?

— Non. Est-ce qu'elle doit ressembler à
une plume aussi ?

— C'est drôle ce qui surgit quand on asso-
cie deux mots.

— Dessine-moi une âme, papa…

— Hum ?

Quand j'étais petit, mais vraiment petit, j'ai demandé ça à mon père, un soir, avant de dormir, de un, parce que ça me chicotait, cette question d'âme, de deux, parce que je voulais étirer le temps. Il a dessiné un soleil en me disant que c'était l'image de mon âme à moi. Que l'âme de chacun était unique et ne ressemblait à aucune autre. Je lui ai demandé de dessiner la sienne. Il l'a représentée sous la forme d'une pierre :

— La forme de mon âme est cachée dedans et je dois la trouver, c'est pour cela que je suis sculpteur.

— Et celle de maman ?

— Une étoile. Car elle veille sur toi.

C'est bizarre, tu t'appelles Étoiles.

Patte Bleue arrive en courant. Il a quelque chose dans la gueule, un trésor de chien, sûrement, un nonosse ou un rat mort depuis trois mois.

— Apporte, mon chien, montre !

Il laisse tomber un papier. Plié en dix-huit au moins. Pas possible de plier plus que ça.

— C'est défendu de laisser traîner des papiers dans le parc, non ?

— Oui.

Ulu déplie et lit :

— *Dessine-moi une âme, papa.*

Je lui ai pratiquement arraché le papier des mains.

— C'est son écriture, c'est lui, c'est mon père.

Ulu est aussi interdite que moi.

— Tu trembles, Tom !

— Il n'y a pas de dessin ! Il n'y a plus rien, ni moi, ni ma mère, ni lui. Rien. Il n'y a plus d'âmes. Comprends-tu ce que ça veut dire ? Le néant.

Elle me touche gentiment le bras. Et c'est chaud.

— Comment a-t-il pu laisser un message ici, s'il arrive de la direction opposée ? On aurait dû le croiser, alors, réfléchit-elle.

— Donc, il aurait rebroussé chemin.

— Pourquoi aurait-il fait ça ?

J'ai crié :

— Il va mourir, Ulu ! Il a décidé de mourir ! Vite !

On remballe, on ramasse, j'échappe tout, je tourne en rond, je m'énerve et je ne veux surtout pas, surtout pas, me mettre à paniquer. Il a décidé de mourir, j'en suis certain maintenant. C'est pour ça qu'il n'était pas au rendez-vous. Mais pourquoi ? Si tous les artistes ratés se suicidaient, il n'y aurait plus un seul magasin de pinceaux ! Elles sont où, mes mitaines ?

— Tom ! Eh, oh, Tom ! Calme-toi.

— C'est parce que, là, il faut le trouver et vite ! On est où ? C'est toi qui as le GPS ? Patte Bleue, trouve un indice, une piste, quelque chose ! Tu as vu, Ulu ? Ce chien a rapporté le papier. Juste comme je parlais du même sujet ! Il commence à me faire peur, je commence à croire à tes histoires de légendes. Où est-ce que je suis tombé, où est-ce que je vais, je deviens fou ! Voilà en quoi il me transforme : en fou !

— Tom, Tom, viens ici.

— On est pressés.

— Viens. Regarde-moi. Prends une grande respiration.

— On n'a pas le temps de niaiser, là.

— Tom… On va le retrouver, ton père.

— Ah oui ? Et comment ?

— Je ne sais pas, mais on va le retrouver.

— Et on va où ?

— Dans la même direction que lui. Patte Bleue ! Aide-nous.

— Oui, bon, d'accord ! On lui fait sentir le papier et hop ! il nous emmène droit vers lui ? Voyons donc !

Si mon père est retourné sur ses pas, on ne peut faire autrement qu'avancer à l'aveuglette, en pariant qu'il ne s'est pas bêtement étendu dans la neige, mais qu'il est dans un refuge ou une tente qu'on pourrait apercevoir. Ça fait bien des suppositions. Mais pourquoi avoir laissé ce papier ? Il y a peut-être ici une petite possibilité. Il a laissé sa marque, il a fait pipi sous une roche. Je ne suis pas fort en psychologie, mais s'il a fait ça, c'est pour être découvert, c'est logique. Ulu est d'accord. On ne peut de toute façon que s'accrocher à cette hypothèse, sinon, autant baisser les bras. Chercher du secours ? Le téléphone ne fonctionne pas. On est dans une mauvaise zone. Ça prendrait trop de temps de repartir vers Iqaluit.

Nous voyez-vous ? Un gars de la ville, une fille de Mars, un chien de l'au-delà, à la recherche d'un père raté, mais que je veux sauver malgré tout. Oui, c'est clair maintenant. Puis quand je vais le trouver, je le… je vais… je vais quoi ? Je ne sais pas. Vraiment pas.

Ulu me prend la main. Je serre la sienne, tout naturellement. Et en silence, ma main lui parle de mon père comme je ne pourrais jamais le faire de vive voix.

Ma main lui raconte le petit garçon fasciné par la magie de l'atelier de sculpteur où j'aidais mon père à la mesure de mes forces. Petit, je m'assoyais sur les genoux de Louis et, pendant qu'il dessinait son œuvre future, je traçais la mienne à côté, le plus sérieusement du monde. Il me prenait comme tel, avec sérieux, respectait mes barbots ; j'étais important pour mon père, il me traitait en égal.

Ma main lui avoue l'amour inconditionnel d'enfant pour celui qu'il voyait décliner, disparaître peu à peu, lui trouvant excuses et justifications, et le défendant bec et ongles quand ma mère s'en plaignait.

Elle lui décrit le rejet, la fermeture, le mépris quand la lâcheté de son idole lui est apparue, quand le jugement lui est venu.

Elle pleure de désarroi, de colère, d'impuissance, de regrets, de détresse.

Et, je crois, elle cherche un effet bouclier.

Ulu n'a pas lâché ma main de l'après-midi. Patte Bleue s'est improvisé guide, flairant une piste imaginaire, jusqu'à ce que le soleil décline rapidement. Nous n'avons pas atteint le deuxième refuge. Nous avons installé notre tente. Il y faisait affreusement humide. Le Primus a réussi à la chauffer, ainsi que nos sacs de couchage. Nous devrons dormir côte à côte, avec le chien : pas question de laisser Patte Bleue dehors, comme c'est la coutume dans le coin. On sera tassés, mais au chaud. D'autant plus qu'on sera tellement gênés que ça fera monter la température ambiante, je parierais cent dollars, encore une fois, certain de gagner.

Pendant notre infect repas, Ulu m'a parlé de l'âme, le sujet du jour ! Je pense qu'elle essayait de me sortir de mon mutisme rempli de tristesse, de honte, de trouble et de sentiments aussi emmêlés que mes écouteurs d'iPod.

— Les Inuits ne veulent pas qu'on les photographie, car ils croient qu'on leur vole leur âme.

— Si c'est le cas, il y a longtemps que j'ai perdu la mienne, si je compte le nombre d'albums remplis de photos de moi.

Et si c'était vrai ? Et si on pouvait réellement voler une âme ? Et si une image de nous, quelque part, était le vrai nous et que nous n'étions qu'un mensonge, comme Dorian Gray ? Et si chaque regard posé sur moi avait volé une parcelle de mon être et que celui qui tremble en ce moment n'était même pas réel ? Du vent. Une photocopie de fantôme. Un Thomas transparent. Et ça ressemble à quoi, une âme qui s'envole ? À un frisson à la surface de l'eau, à une bulle d'air crachée par un poisson…

— Thomas ! Viens voir !

Ulu m'appelle du dehors. J'ai dû m'endormir. Je n'ai pas envie de sortir de mon sac. J'attends qu'elle insiste. Elle ne le fait pas. J'y vais donc. Esprit de contradiction, toujours.

— Regarde !

Au-dessus de nos têtes, une aurore boréale, des vagues de couleur comme des rideaux bleus, verts, soulevés par le vent. J'aimerais pouvoir les accrocher aux fenêtres de la chambre de ma mère, ceux-là.

Même Patte Bleue a le nez en l'air. Voit-il la même chose que nous ? Ulu murmure, grave :

— L'aurore attire vers elle toutes les tristesses et toutes les peines du monde ; elle les broie et les transforme, les renvoie toutes en lumière qu'elle projette sur le ciel et sur nos cœurs.

En parlant, elle a de grands gestes, comme si elle attrapait ma détresse, l'enfermait dans ses mains et la lançait vers le ciel.

— C'est encore mieux que l'effet bouclier ! C'est une pensée inuite aussi ?

— Non, c'est une pensée de moi.

Étrange Ulu. Je l'ai regardée. Ses yeux

brillaient des mêmes couleurs que celles du ciel. Je l'ai serrée très fort dans mes bras, lui murmurant à l'oreille le nom que je voudrais lui donner à cet instant précis :

— Aurore… ma belle Aurore.

Chapitre 7

Les formes dans la glace

Zyzomis est le dernier mot de mon dictionnaire encyclopédique. Il s'agit d'un animal récemment disparu, un rat à queue blanche d'Australie. Zythum est l'avant-dernier : un genre de bière que les Égyptiens fabriquaient avec de l'orge germée. « Et qu'est-ce que je te sers, mon gars ? » « Un verre de zythum bien froid avec des chips au vinaigre. » On pourrait rajouter zzzzzz, pour le sommeil, mais ce n'est pas vraiment un mot, plutôt un son. Difficile d'aller au-delà d'une suite de z. C'est le bout des lettres, le bout de la route des signes qui forment mon langage. Mais je peux dire tellement plus. Avec mes mains, mes yeux, ma respiration, avec mes gestes, mes impatiences ou ma tendresse. Avec ma voix qui fredonne un air sans paroles, en sifflant avec deux doigts dans la bouche, en piétinant la neige, en tournant le dos à ma manière butée ou timide, ou pour cacher ma peine, mon embarras, mon envie de pouffer de rire. En glissant mon doigt le long du nez d'Ulu, autour de sa lèvre supérieure, en chatouillant sa pommette bien ronde, en repoussant ensuite ses cheveux derrière son oreille, en posant ma main sur son cou.

J'avais passé la journée la main dans sa main, elle a dormi avec la mienne qui l'entourait. On s'est échangé ça, mais j'y ai gagné à tous les coups. J'avais chaud dans mon manteau et dans mon sac de duvet, j'avais chaud de l'avoir contre moi, et pas juste à cause de son sac de couchage ! Je lui ai demandé :

— Est-ce que j'ai la langue bleue ?

— Non, pourquoi ? Tu as froid ?

Je ne pouvais pas lui expliquer : ça aurait été lui avouer que je me demandais si je n'étais pas par hasard en train de tomber amoureux. Question : peut-on tomber en amour quand on est en pleine entreprise de sauvetage ? Sa présence m'a consolé le temps d'une nuit. Mais cela ne veut rien dire.

Le jour n'est pas encore levé. Ulu dort. Patte Bleue, à qui je ne peux rien cacher, a les oreilles pointées vers moi ; ma respiration a changé, il sait que je suis éveillé.

Pourquoi me surveille-t-il ? Pourquoi ne dort-il pas ? Pourquoi être attentif à moi comme... comme... comme j'aurais aimé que mon père le soit ?

J'aurais aimé qu'il se souvienne de mes anniversaires sans que ma mère lui rappelle la date. J'aurais aimé qu'il me demande si j'avais fini mes devoirs, même si j'aurais répondu que j'étais assez grand pour gérer mes affaires. J'aurais aimé qu'il pose des questions sur ma vie privée, même si je lui aurais répondu que ça ne le regardait pas. J'aurais aimé qu'il découvre que j'avais piqué son auto et que j'étais parti avec tous mes amis sans permis et qu'il m'engueule. Je n'ai jamais pensé me sauver : c'est lui qui l'a fait. Au fond, je crois que si je le cherche, c'est essentiellement pour me payer la traite, pour lui dire une fois ce que je pense de lui. Mon père est mon pôle Nord à moi : quand je l'aurai atteint, je pourrai me dire : « Maintenant, c'est fait, passons à autre chose, suivant, *next.* » À moins que j'espère autre chose, mais quoi ?

Nous n'avons marché que sept kilomètres en deux jours, une journée et demie, plutôt. Nous continuerons encore aujourd'hui, puis il faudra rebrousser chemin. On ne va quand même pas s'arranger pour mourir gelés nous aussi ! Ce n'est pas dans mon plan de carrière.

Une faible lueur apparaît. Délicatement, je me dégage pour sortir avec Patte Bleue : les mâles de cette tente ont envie. Ulu se réveille.

— Dors un peu.

Elle remonte son sac sur elle :

— Encore cinq minutes.

Eh ! qu'elle est belle !

Il y a encore des étoiles dans le ciel légèrement bleuté. Les plaques de glace brillent. Celle sur laquelle je fais pipi fond au contact du liquide chaud. C'est bizarre, j'aurais juré que... attends !

Patte Bleue va et vient, nerveux. Il a détecté la même chose que moi : des traces. À juger vite, c'est à peu près la pointure de mon pied si j'avais pesé mille kilos. Ne paniquons pas. Elles ne sont peut-être pas récentes. Il n'a pas neigé ces deux derniers jours. Aujourd'hui, hum... Le jour se lève, mais se couvre aussi. Il y a du vent. Si je m'oriente bien, voyons, hier, le soleil s'est couché derrière ce monticule, il se lève ici, donc le nord est là. Le vent est alors nord-est.

Bouger lentement. Bien regarder. Je ne vois rien. Patte Bleue renifle partout. Il m'énerve.

À le voir tournoyer dans tous les sens, j'ai l'impression qu'un ours géant va me sauter dessus d'ici dix secondes. Retournons comme si de rien n'était à la tente. Zwouick ! On ouvre la fermeture éclair. Zwouick ! On referme.

— Ulu ! Il faut que tu viennes voir.

— Quoi ? demande-t-elle en bâillant.

— Des traces.

Elle est déjà assise et en alerte.

— Où ?

— Près de la tente.

Elle attache son manteau, on sort.

Et c'est là qu'on l'aperçoit. Immense. Notre tente, il pourrait l'écrabouiller d'une patte avec nous dedans. On se change en statues. Sa truffe noire balaye l'air, reniflant notre odeur forte de personnes qui n'ont pas vu de savon depuis deux jours. Il fait si froid pour identifier des odeurs ! Mais son museau est si long…

Avec un peu de chance, il s'éloignera de plus en plus puisqu'il est déjà passé près de nous sans nous attaquer. C'est fou ! Complètement ! Il a devant lui tout le nord et il aboutit à côté de nous. Le destin ? Le hasard ? Reviendra ? Reviendra pas ?

— Le fusil est prêt, Ulu ? Tu sais t'en servir, au moins ?

— Je ne l'utiliserai qu'en cas d'absolue nécessité.

— Il a l'air de vouloir s'en aller… non… Ulu, il revient… Vite ! Je pense que voilà l'absolue nécessité !

Je croyais que les filles étaient tout sauf calmes. Capables, mais énervées. Le flegme devant le danger, c'est une affaire de super-héros. Ulu s'est glissée dans la tente, est ressortie avec le fusil. Elle épaule. Sa main ne tremble pas. Aussi sûre que celle d'un chirurgien. Elle attend. Elle murmure tout bas :

— Va-t'en, s'il te plaît, ne viens pas vers moi, je ne veux pas te tuer. Va-t'en, continue ton chemin.

Patte Bleue. Il ne faut pas qu'il jappe, il ne faut pas qu'il l'excite. Mais il est sagement assis près de nous. Inutile de lui dire de rester silencieux : il l'est. Il ne geint pas, il ne pleure pas. Ou bien il n'est pas un vrai chien, ou bien il est paralysé par la peur. Normalement, un chien qui a peur attaque. Il est comme Ulu, comme moi, il attend de voir. Comme moi ? Je suis tétanisé par la peur.

L'ours s'avance, puis s'arrête. Je souhaite très fort qu'il flaire quelque chose de mieux que nous, un caribou récemment décédé de vieillesse, un renard blessé, un phoque égaré, n'importe quoi. Il flaire le vent. Il nous regarde, hésitant. Il fait quelques pas. Ulu vise. Des larmes coulent sur ses joues.

— Je ne veux pas te tuer, je ne veux pas te tuer, Nanuk.

— Passe-moi le fusil, je vais le faire.

— Non. Je ne veux pas le tuer, mais je peux.

— Si je m'en occupe, tu ne te sentiras pas coupable. Vite !

Elle hésite. Patte Bleue commence à montrer les crocs en grognant. L'ours se rapproche.

— Hé ! On n'a pas le temps de s'obstiner, ça presse ! Donne-moi ça.

Un fort coup de vent. Le museau en l'air, l'ours semble attiré par autre chose. Il fait demi-tour.

Il s'en va ?

Il s'en va juste comme je m'apprêtais à devenir un héros, l'espèce ! Juste avant que je nous sauve de ses griffes de trente centimètres, pour la plus petite, et que mon exploit devienne légendaire ! « L'histoire de Tom qui affronta l'ours qui n'était ni le père ni la mère ni le cousin de personne dans le village », ou quelque chose du genre.

— Ça va, Ulu ?

Elle ne bouge pas d'un poil.

— Oui. Tom, il serait plus prudent de retourner à Iqaluit maintenant.

— Mais il est parti !

— Oui, pour le moment. Il reviendra.

— Peut-être pas ? Il a semblé sentir quelque chose. S'il tombe sur un caribou d'une tonne, il en aura pour un petit bout de temps.

— On ne peut pas le savoir. Il faut partir.

À ce moment précis, une idée me vient, claire, nette, une inspiration, une certitude :

— Il a peut-être flairé... mon père ? Je continue, Ulu ! Je ne repars pas. Retourne là-bas, toi, va chercher du secours.

— Je ne te laisserai pas tout seul.

— Je suis avec Patte Bleue.

— Et un ours polaire.

— Justement, je ne veux pas qu'il t'arrive quelque chose.

— Laisse faire le mélo, veux-tu ? Je vais d'abord réessayer le téléphone satellite.

— Cent dollars qu'il ne fonctionnera pas. C'est toujours comme ça.

Pendant qu'elle s'active, je me souviens de Patte Bleue.

— Tu es donc bien bizarre, toi... Tu n'as pas bougé. Ce n'est pas normal. Tu sais quoi ? C'est sûr que je te ramène avec moi dans le sud. Sûr et certain.

Évidemment, pas de communication. Les alentours de la Terre ont beau être un dépotoir à satellites, il n'y en a pas un qui capte.

— Le prochain refuge, selon le GPS, est à trois kilomètres à vol d'oiseau. Mais je n'aime pas ces nuages-là, Tom. Si ça vire à la tempête, ça peut durer longtemps.

— Demain, on part. C'est promis, Ulu. On cherche encore aujourd'hui et on rentre, après.

— C'est sérieux, Tom! On n'est pas en vacances. On n'a pas le choix de retourner à Iqaluit demain au plus tard, car on n'aura plus de vivres.

— Ne t'en fais pas, je suis certain qu'on ne sera pas obligés de manger Patte Bleue.

— Tu n'es pas toujours drôle, Tom.

— Je sais! Mais je veux tenter ma dernière chance.

Elle soupire:

— Je croise les doigts pour que le temps ne se gâte pas. Je ne veux pas que tu sois seul dans la tempête, non plus.

— Et moi donc! Je veux dire, je ne veux pas que TU sois seule dans la tempête. On y va?

C'est comme ça que je l'aime: audacieuse, téméraire. C'est comme ça que je m'aime aussi.

J'espère que je ne commets pas la plus grosse gaffe de ma vie.

***

J'étais à quelques secondes de laisser Patte Bleue redevenir le chien qu'il est pour qu'il parte à la chasse à l'ours et qu'il se sacrifie pour les humains qui l'accompagnent. Le hasard a voulu que l'ours s'éloigne. Le hasard ? Je l'appellerai plutôt la vie. En somme, c'est elle qui mène tout, même quand elle nous charge de décider. C'est qu'alors elle nous fait confiance. Ou veut voir ce qu'on a dans le ventre.

Où serais-je allée ? Dans le vent, la neige, partout, car je peux me diviser à l'infini. Mais alors, je suis plus discrète.

Je suis heureuse de ne pas les quitter. Je veux les accompagner jusqu'au bout de cette route. Afin qu'ils se souviennent, que tout s'imprime dans leur mémoire, leur cœur, leurs sens. Je tiens à ce que leurs pas, même s'ils se dirigent peut-être vers la tragédie, les entraînent dans la magie de l'existence, dans ce qu'elle a de si précieux pour qu'on se batte pour la conserver. Je veux que Tom me voie même dans ces circonstances difficiles, l'emmener à ce carrefour où une petite parcelle de moi lui suffira dorénavant.

J'ouvre le chemin. Nous devons être très

prudents. Marcher de telle sorte que le vent ne ramène pas notre odeur à l'ours. Suivre ses traces de loin. Tom vérifie constamment notre position sur le GPS. Et si les traces ne vont pas dans la même direction que le refuge ? Que décideront-ils ?

Je me retourne souvent. Ils sont si beaux, tous les deux. Si vivants, si pleins des rêves de la jeunesse, de son effervescence, de sa maladresse et de son assurance, de sa volonté et de ses certitudes. De son aveuglement, de son courage, de sa joie et de ses doutes. Ils sont prêts à toutes ces premières fois qui les attendent et ne sont pas conscients de toutes ces finales qu'ils traversent déjà. À chaque enjambée, ils s'emparent du monde qui se laisse voler par ces mains neuves.

Tom me voit déjà. Mais y réussira-t-il dans l'invisible ?

* * *

CARCAJOU VA SUR LA LUNE CAR IL EST AMOUREUX

Carcajou se promenait en déjouant tous les pièges sur sa route, comme d'habitude. Il faisait très froid, mais Carcajou ne le sentait pas ; son poil roux et dense le tenait bien au chaud. Avec l'Ours, Carcajou était la seule créature à se promener dehors, pensait-il. Le voilà dégustant une boulette de viande gelée, à petites bouchées, car il sait bien qu'elle contient une tige coupante roulée en boule. S'il avale la viande en un seul morceau, la tige dégèlera dans son estomac ; en se déroulant, elle le déchirera et Carcajou mourra. Il aperçoit au loin une jeune fille en train de façonner une boulette de viande mortelle. Il s'approche et vient s'asseoir devant elle, en ayant soin de se transformer en homme pour ne pas qu'elle tente de le tuer. « Pourquoi chasses-tu Carcajou ? » La jeune fille répond : « Parce que sa fourrure est la seule que je puisse coudre à mon capuchon : l'air que j'inspire et expire ne forme pas de glace sur ses poils. »

« Carcajou est trop malin pour se laisser attraper », dit notre homme, qui sait bien de quoi il parle. La jeune fille s'exclame : « J'espère, car, même s'il est féroce, j'aime Carcajou en cachette. »

Sur ces mots, Carcajou reprend sa forme et saute dans les bras de la jeune fille. De loin, elle entend sa mère hurler de rage, car Carcajou a mangé toute la viande sans être pris. Carcajou fait alors un bond de géant et emmène la jeune fille jusqu'à la Lune qui se levait justement. Tous les soirs, il s'enroule autour de la tête de la jeune fille pour la garder au chaud et pour qu'elle puisse dormir sans que de la glace se forme autour de son souffle.

— Pas mal du tout !

— T'es sérieuse ?

— C'est une belle histoire.

— Tu n'es pas trop exigeante.

— Pourquoi Carcajou tombe-t-il amoureux ?

— Parce que la jeune fille ne lui veut pas de mal et qu'elle l'aime.

— Est-ce que c'est une raison suffisante pour tomber amoureux, Tom ? Je veux dire aimer une personne simplement parce qu'elle vous aime ?

— Non ! Il tombe amoureux aussi parce qu'elle est gentille, tendre, généreuse et qu'elle a de belles mains. Mais ça, il s'en aperçoit seulement sur la Lune, quand elle enlève enfin ses mitaines et qu'elle fait du thé. En plus, elle est débrouillarde et immensément jolie. Il ne le savait pas et il a la surprise de sa vie quand elle baisse son capuchon. Alors, il a envie de la réchauffer, et c'est là qu'il réalise qu'il est vraiment amoureux : c'est la première fois qu'il a envie de réchauffer une jeune fille. Avant, quand il en prenait une dans ses bras, c'était juste pour l'embrasser. Tu as froid ?

— Moi ? Nnnnnon.

— Ah bon…

Pourtant, le vent est glacial. Il soulève la neige légère et me souffle à l'oreille : «N'arrête pas de marcher, sinon tu vas geler raide.» Il y a un ours qui pourrait nous tuer d'un coup de patte, mon père à trouver coûte que coûte, et moi, en cette journée qui sera peut-être la dernière de ma vie, la meilleure chose que je trouve à faire, c'est une déclaration d'amour en bonne et due forme. Pas pire, le gars. Il faut avouer qu'elle n'est pas banale, cette déclaration. Bon, c'est une variation sur «je te décrocherais la Lune» mais, quand même, je me suis forcé. À vrai dire, pas tant que ça. C'est venu tout seul. Il faut croire que le danger m'inspire.

«Les jeunes gens avançaient péniblement dans le vent alors que la tempête menaçait. Mais il n'y avait pas une seconde à perdre. Après l'accident d'avion, ils étaient affaiblis et, s'ils ne trouvaient pas rapidement un abri, ça en serait fini d'eux. Près du désespoir de ne pas s'en sortir, il lui avoua son amour : ils mourraient dans les bras l'un de l'autre et leur dernier souffle, ils le rendraient à l'unisson, mêlant leurs voix, laissant s'échapper leurs âmes entortillées pour l'éternité dans l'espace infini. »

Ce n'est pas le danger qui m'inspire : c'est elle, évidemment.

J'ai peur. Je pense comme d'autres babillent pour éloigner la peur. N'empêche : je ne m'imagine pas une seconde quitter Ulu. Quand nous rentrerons, si nous rentrons un jour, je vais repartir et elle restera. Juste l'idée de ne plus la voir m'enserre la poitrine jusqu'à m'étouffer. On dirait que je suis venu ici pour tout perdre, moi !

— J'ai froid, Thomas.

Elle a froid ! Alléluia !

— Viens.

J'ai quarante kilos sur le dos et elle presque autant, mais ce n'est pas grave : je vais entourer ses épaules de mon bras, la coller, la réchauffer et me réchauffer ainsi. Voilà. Elle a ce sourire éclatant, à peine entrevu à travers la fourrure qui encadre son visage. Je marcherais ainsi jusqu'au bout de la Terre, puis je la ramènerais en parcourant tout le chemin contraire. Et je repartirais. Et quand on en aurait assez, on irait sur la Lune, comme Carcajou. On est là, au milieu de nulle part, à la merci du vent et de tous les dangers et on est contents. On est drôlement faits, quand même. Bien faits, parfois.

Bientôt, nous ne voyons plus les traces de l'ours, car le vent les a effacées. Nous n'avons plus le choix de marcher droit devant pour atteindre le refuge. Allez, Patte Bleue, fais un chien de toi et emmène-nous à bon port. Protège-nous, protège-la. C'est décidé, dès le matin, on rebrousse chemin. Sinon, c'est du suicide, ça l'est peut-être déjà. On marchera à vitesse grand V, c'est toujours plus rapide, revenir. On réussira peut-être en une seule étape, si le temps le permet. Adieu, mon père, tu l'as voulu. Peut-être m'attendais-tu, mais c'est entre toi et moi, cette histoire, et Ulu n'a pas à mourir pour toi. Ni moi, ni ma mère non plus. Pas une seconde je n'ai pensé qu'il t'était arrivé un accident. Tu as toujours choisi, je le sais aujourd'hui, et ta vie et ta mort. J'ai fait ce que j'ai pu pour te venir en aide, mais maintenant, c'est fini. Continuer serait de la folie furieuse. Curieux tout de même que ce soit grâce à toi que je tombe amoureux pour la première fois. En venant te chercher, j'ai trouvé Ulu : l'avais-tu prévu ?

N'empêche, si je t'avais devant moi, c'est un char de bêtises que je te donnerais.

— Tom, que veux-tu devenir ?

— Devenir… Tout le monde a toujours cru que j'étudierais les sciences. Je vise le génie. Mais je me dis souvent que je veux être artiste. Comme lui. Comme ma mère. Comme eux. C'est fou.

— Mais non. Tu dois aller vers ce qui te rendra heureux.

À ces mots, je fais mine d'aller vers elle, et elle rit.

— Et toi, Ulu, tu deviendras quoi ?

— Guide d'expéditions au pôle Nord !

— Je me transformerai en chien de traîneau, alors !

— À skis…

— Là, c'est plus difficile…

— À moins que je devienne femme d'affaires, pilote d'avion de brousse ou dentiste, il y a plein de possibilités ici.

— Oui, ici…

On sait qu'on n'est pas de la même place, elle et moi.

Et alors ?

Je sais, je ne suis pas majeur.

Le refuge est en vue. Nous y sommes presque. Sauvés, pour aujourd'hui. Sauvés de quoi ? De la menace, du froid, de la faim, et de quoi d'autre ? Ma quête est un échec lamentable. Mais qu'était-elle vraiment, la quête de mon père ? Pourquoi me suis-je lancé dedans ? m'a demandé Ulu. Pas pour le retrouver, lui, non, mais pour trouver mon père rêvé, celui que j'aurais voulu avoir, celui qui, par un revirement dont seule la vie est capable, serait devenu le père de mes souvenirs d'enfant, parfait.

Personne ne l'est, je sais déjà ça, et moi non plus, quoique je ne sois pas si pire du tout. Mais si Louis disparaît, s'envolera avec lui mon espoir qu'un jour il se reprenne en main et redevienne quelqu'un, celui qu'il est au fond, qu'il était avant de sombrer. Je ne peux pas, je ne veux pas, même si je m'en cache bien, le voir comme un minable. C'est pourtant ainsi que je le traiterais s'il était à côté de moi quotidiennement. Je pense que je m'émeus tout simplement parce qu'il s'efface. Comme je n'ai pas réussi à le trouver, j'ai peur de traîner cet échec-là toute ma vie, de me dire que je suis un raté. Oh ! Je n'ai aucune propension à me dénigrer, loin de là, mais ça se peut que ça gratte, des fois.

Je lui en veux, à la fois d'exister et de s'éteindre, d'avoir été à la hauteur pour ensuite dégringoler au huitième sous-sol, d'avoir sombré tout simplement parce qu'il n'était pas un génie. Et puis, qui définit le génie?

Quels sont les critères? Inventer? Révolutionner? Et pourquoi serait-ce mieux d'être un génie? Pourquoi vouloir marquer l'histoire? «Vivre est un exploit en soi», dit ma mère. Et quand bien même ce ne serait pas un exploit, mais juste extraordinaire d'être là, ne serait-ce pas déjà suffisant? Oui, je sais, ce sont des niaiseries, le genre de discours qu'on sert pour justifier une vie plate. Je sais? Qu'est-ce que je sais? Tout et rien. Que je serai immortel jusqu'à ce que la mort me rattrape. Que je suis amoureux d'Ulu et que je le serai toujours. Que ma mère vivra, c'est certain. Qu'où mon père a échoué, je serai applaudi. Et que si tout cela n'arrive pas... Non cela arrivera. Je ne veux même pas que l'idée m'effleure. Ne jamais laisser entrer le doute quand on désire si fort quelque chose. Sinon, c'est qu'on ne le souhaite pas du fond de son cœur.

— Attention, c'est gliss...

Elle n'a pas fini sa phrase, je suis déjà par terre. Avec mon bagage.

— Attends, je vais t'aider, Tom.

Elle s'agenouille près de moi, m'aide à enlever la charge sur mon dos. Il y a du frimas là où son souffle effleure la fourrure de son capuchon : ce n'est pas du carcajou. Je la chatouillerais, mais c'est un peu difficile avec mes mitaines et à travers l'épaisseur de son manteau. J'aimerais lui dire quelque chose d'intelligent, sauf que je ne trouve pas. Je me donne l'excuse du souci à cause du danger imminent qui nous guette. C'est mon œil qui me fait alors parler.

— Regarde Ulu, on dirait un poisson.

Je suis tombé sur une large plaque de glace. Elle est craquelée de partout. Et ça ressemble vraiment à un poisson, juste ici, sur ma gauche. Prudente, elle regarde autour : rien. Elle s'allonge alors à côté de moi et entre dans le jeu. Elle cherche :

— Ici, on voit la forme d'un flocon de neige.

— Un beau, à part ça. Là, on voit, hummm, pas évident... Je pense que c'est une souffleuse.

— Hein ? Tu as l'imagination pas mal fertile. Mais ça, c'est une baleine, c'est sûr.

— Tu es dans le poisson, toi. D'après moi, tu as faim. Regarde, une belle plume.

— Je la vois. Tiens, une boule de Noël.

— Un ballon de football.

— Un arbre sans feuilles.

— Une colombe.

— Tu es précis !

— Femelle à part ça.

— Alors là, on voit ses œufs. Et son nid.

— Ici, on dirait Patte Bleue. Il est où, lui ?

Dès qu'on a levé les yeux, on l'a vu. Il était à vingt mètres. Le corps raidi, la tête baissée, il avançait lentement vers l'énorme forme au poil jauni qui venait vers nous. Nous avons ramassé nos affaires en vitesse et couru jusqu'au refuge. Patte Bleue s'est mis à aboyer après l'ours, à tourner autour, à l'attaquer. Puis il a détalé vers l'horizon, Nanuk à ses trousses.

Extraordinaire d'être là ? C'est ce que je disais. Oui, extraordinaire, dans le sens de hors de l'ordinaire. Hors de tout, du temps, de la planète, de l'existence, presque. Ulu et moi, nous avons peur. Très peur. Gelés, perdus, seuls.

Où est Patte Bleue ? Comment ? Lui non plus, je ne pourrai pas le sauver ? Dans quoi l'ai-je embarqué, le pauvre chien ? Il m'a suivi innocemment, et le voilà en train d'être probablement dévoré par le plus gros ours du pôle Nord. Qu'est-ce qui se passe là, au juste ? J'étais venu à Iqaluit pour voir mon père quelques jours, ne rien faire, m'ennuyer, me chicaner peut-être. Mais là, c'est trop.

Il fait noir comme chez le diable, il vente, on gèle. Le téléphone satellite, c'est pour les *bozos* qui se promènent en ville ! Il ne fonctionne toujours pas. Nous avons monté notre tente dans le refuge. Le Primus l'a déshumidifiée. Nous avons mangé le strict minimum. Si on est économes, on pourra manger suffisamment et avoir de la nourriture pour tenir deux jours. Il ne faut pas qu'il y ait une tempête demain ! Il faut que ça passe en vent. S'il vous plaît ! Rentrer à toute vitesse, retourner au chaud, fini le héros, l'explorateur et le peur-de-rien. Mais peut-être y a-t-il déjà des gens partis à notre recherche ? Non, selon Ulu. Pas avant deux jours.

Bien sûr, ses parents hautement coopératifs la croyant au chalet, ils ne la chercheront pas avant au moins une autre journée.

— Si tu ne donnes pas signe de vie, qu'est-ce qu'ils vont faire ?

— Venir vérifier.

— Et ?

— S'ils ne me trouvent pas, ils vont appeler l'armée.

— Es-tu sérieuse ? L'armée ?

— Enfin, de l'aide. À moins que le maudit téléphone finisse par fonctionner.

— Et qu'est-ce que tu vas leur dire, au
juste, au téléphone ? « Maman, papa, je suis
sur la route de Kimmirut avec un inconnu et
je suis poursuivie par un ours, tout va bien » ?

— Dans le genre. En attendant, on ne peut
rien faire jusqu'à demain.

— Non, rien de rien.

Puis, voilà, on s'est tus. Longtemps, chacun dans la partie de soi où on ne veut laisser entrer personne. À moins, tout simplement, que le silence se soit imposé parce
qu'on n'avait plus rien à dire. On est là, tous
les deux, dans nos sacs de couchage, immobiles. Je ne sais pas si elle aussi a l'impression d'être dans le vide, même pas sur le sol,
si son cœur bat, au bord de la panique,
comme le mien. J'entends sa respiration. Elle
inspire longuement, puis expire lentement.
Donc, elle s'efforce de calmer sa propre
frayeur. Voilà une bonne raison de lui parler :
je vais essayer de dissiper l'affolement général par du bruit.

— Il reviendra, Patte Bleue, tu penses ?

Ce n'est pas trop bien choisi pour remonter le moral des troupes, je l'avoue.

— Je ne le sais pas plus que toi, Tom. En même temps, tu as compris ce qu'il faisait…

Oui, éloigner l'ours de nous. Il ne reviendra peut-être pas. Il l'entraînera le plus loin possible et courra jusqu'au bout de ses forces. Si je me réincarne un jour, je veux revenir en chien.

Ulu sort de son sac de couchage. Elle ouvre la fermeture éclair du mien.

— Lève-toi.

— Pourquoi ?

— Lève-toi !

J'obéis. Elle ferme les sacs ensemble, entre dedans. Je fais rapidement de même. Elle se colle contre moi. Et là, je la serre très fort, si fort. En cette minute, nous sommes tout, deux, un, pour passer la nuit terrible, pour attendre le jour.

— Tu as du poil sur la poitrine, Tom ?

— Pourquoi ?

— Parce que.

— Trois ou quatre.

— Montre.

Oups ! Elle est folle un peu, non ? Ce n'est pas vraiment le moment. Mais voilà une manière inattendue, bienvenue, de passer le temps, de s'occuper à autre chose pendant que l'angoisse tord chacun de nos nerfs.

Allons-y, alors. Je détache ma veste, soulève mon chandail. La voilà qui m'inspecte avec la lampe de poche.

— Ouais, il y en a six. Placés de cette manière, on dirait la forme d'un bateau.

— Qui sombre, oui…

— Tu es bien musclé. Des vraies vagues.

— Popeye, le vrai marin.

— Tu as un, deux, trois, quatre, oui, quatre grains de beauté.

— Douze : j'en ai aussi dans le cou et dans le dos.

— Ils forment un carré. Mettons un coffre.

— Un coffre au trésor !

— Et dedans, il y a…

— Il y a ?

— Il y a toi, Tom.

Elle dépose un baiser tout chaud sur mon « coffre », sur mon cœur. Alors, là, il n'y a plus de vent, de tempête, de nord, de frayeurs, de menaces, il n'y a que la douceur d'Ulu. Je la remonte vers mon visage, l'enlace et l'embrasse avec fougue.

— Je me demande si tu n'es pas une de ces créatures de tes contes… J'espère que non, Ulu.

— Pourquoi ?

— Parce que je t'aime en vrai.

Au lever du jour, le vent était tombé. Quand j'ai ouvert la porte, j'ai vu quelques étoiles briller dans un ciel à moitié clair : il ne neigerait pas. Puis, je l'ai aperçu, enroulé sur lui-même pour conserver sa chaleur. Dans son sac de couchage.

Mon père.

Troisième partie

Ataata : père, en inuktitut

Chapitre 8

Le patron des écologistes

Le 4 octobre, on fête saint François d'Assise, cet Italien né en 1182 ou dans ces eaux-là, et dont le dada était le respect de la nature et l'amour que les humains doivent porter à toutes les créatures de Dieu. À la fin de sa vie, il a écrit le *Cantique des créatures* ou *Cantique du frère Soleil*, qui va comme ceci :

Loué sois-tu, Seigneur, pour toutes tes créatures, spécialement pour le Soleil, notre grand frère. Il fait le jour et par lui, tu nous illumines. Il est si beau et si rayonnant. De toi, Très-Haut, il est un magnifique reflet !

Loué sois-tu, Seigneur, pour notre sœur la Lune et pour les Étoiles. Dans le ciel, tu les as façonnées, si claires, si précieuses et si belles !

Loué sois-tu, Seigneur, pour notre frère le Vent, et pour l'air et pour les nuages, pour le ciel paisible et pour tous les temps : par eux, tu réconfortes tes créatures !

Loué sois-tu, Seigneur, pour notre sœur l'Eau, qui est si utile et si modeste, si précieuse et si pure !

Loué sois-tu, Seigneur, pour notre frère le Feu, par lui, tu éclaires la nuit. Il est si beau et si joyeux, si indomptable et si fort !

Loué sois-tu, Seigneur, pour notre mère la Terre qui nous porte et nous nourrit. Elle produit la diversité des fruits et les herbes et les fleurs de toutes les couleurs !

En 1979, saint François d'Assise est nommé patron des écologistes.

Son cantique a l'air bien naïf, comme ça, mais on était au XIIIe siècle, alors que peu de gens savaient écrire ou lire. Ça se retenait bien, comme prière. La preuve : je l'ai retenue. Dans quelles circonstances ? À l'école, bien sûr. Je l'ai apprise parce que tout le monde trouvait le texte poche et proche du cas de drogue. J'en récitais quelques lignes dans le corridor, un peu n'importe quand, pour faire rire mes amis. J'appelais tout le monde « frère Soleil », « sœur Lune », et ça finissait par dégénérer en frère Poulet et sœur Fournaise. Puis je n'ai pas pu m'empêcher de penser que ce gars-là, à cette époque de tarés, devait être le seul à avoir du respect pour la nature. Il devait passer pour un *zouf* fini, assis sur sa roche à parler aux moineaux et à remercier Dieu pour ses cadeaux. Finalement, cette prière m'est restée en mémoire. C'est toujours curieux de constater ce qu'on a mémorisé. Des souvenirs inclassables, des gais, des tristes, surtout : ceux-là sont des poids lourds qui ne se gênent pas pour apparaître, car ils ne sont jamais loin.

Voilà que c'est le *Cantique des créatures* qui surgit alors que je veille mon père, cet être affaibli, en état d'hypothermie, cette créature tout droit sortie de la nature la plus rude et impitoyable qui soit. François d'Assise aurait-il remercié Dieu pour les roches, le soleil froid, l'absence de plantes, de nourriture, de bois pour allumer un feu, la grande absence, quoi, celle qui renvoie l'homme à lui-même faute de lui offrir autre chose ? C'est tout ce qu'il a, l'homme, ici, lui-même, et la femme aussi d'ailleurs ; en fait, ils s'ont et c'est tout. Et encore. François d'Assise remercierait-il Dieu de lui avoir retourné son frère Père à moitié mort ? À deux jours de marche de l'hôpital le plus proche, si on est en santé ? Au moment où il n'y a pas un satellite qui attrape nos signaux ? Je commençais à m'habituer à l'idée qu'il était mort, pas à celle que j'allais assister à sa mort !

Ulu est partie. Maudit beau choix à faire : essayer de garder mon père en vie pendant qu'elle court peut-être à sa perte. J'ai proposé le contraire, je veux dire, qu'elle demeure ici en sécurité — bien relative, je sais — et que j'aille chercher de l'aide. Elle n'a rien voulu entendre.

— C'est ton père, tu restes. Et puis, je suis plus apte à vite organiser des secours, je connais tout le monde, toutes les ressources. Avec de la chance, le téléphone finira bien par fonctionner en route et les secours viendront plus vite. Je vais avancer très vite et parcourir la distance en une journée et demie. On n'est pas loin. On est à douze kilomètres de l'entrée du parc. Je prends la bouffe nécessaire.

— Mais s'il t'arrivait quelque chose, Ulu ? Je ne peux pas te laisser aller !

— Il ne m'arrivera rien. Je te le promets.

Ou bien on meurt tous les trois si on ne bouge pas. Ou bien elle a un accident en route et on meurt tous les trois de toute manière. Ou bien elle se rend à Iqaluit, trouve du secours et nous sauve, mon père et moi. Ou bien elle arrive trop tard et mon père est mort. Il restera moi. Ou bien notre ami l'ours s'amène et nous dévore, mon père et moi. Mais elle est sauve.

Tout ça, en tenant pour acquis qu'il ne neigera pas. Ça fait le tour. À moins que des gens soient déjà partis à notre recherche. Dans ce cas, on a des chances. Mais dans tous les cas, on aura perdu Patte Bleue.

Douze kilomètres. Une pinotte à vélo. Presque huit milles. En mesure ancienne, ça fait trois lieues.

Cette nuit, je serrais Ulu tout contre moi. Malgré la peur, malgré le froid, malgré la catastrophe dans laquelle nous étions plongés jusqu'aux yeux, je tremblais d'allégresse. J'ai tant rêvé d'Élise, j'ai eu des amies qui se sont allongées avec moi, mais j'étais justement à des lieues de m'imaginer ce que ça peut faire en dedans quand on tient sur son cœur non pas juste une fille, mais une fille qu'on aime. On devient bouillant. Voilà que maintenant, je garde mon père au chaud dans mes bras. Le sentiment qui m'habite n'est pas exactement le même qu'avec Ulu, disons.

Il respire faiblement, inconscient. Je ne peux imaginer comment il a réussi à se rendre ici. Comment il a tout simplement survécu cette nuit.

Mais quel sentiment m'habite au juste ? Je n'arrive pas à faire le tri entre les montées d'affection et les reculs de dégoût. Entre les moments où je suis déçu qu'il ne soit pas mort — idée que je chasse vite, car j'ai honte — et ceux où je prie pour qu'il s'en sorte, désir beaucoup plus noble mais que je soupçonne de n'être pas complètement sincère. Je prie, je prie… qui ? Pas Dieu, je n'y crois pas. Saint François d'Assise, voilà, je vais prier le patron des écologistes pour qu'il le garde en vie. Après tout, la conservation, c'est l'objectif de la lutte. Mais cette fois-ci, il ne s'agit pas de fleurs ou de pandas, il s'agit d'une personne. Est-ce que l'humain se classe dans les espèces en voie de disparition ? Est-il vital comme l'eau ? Le soleil ? Utile ? Beau ? Nécessaire ?

Non, François, mon père est peut-être en voie de disparition, mais il n'est ni vital, ni utile, ni beau, ni nécessaire. Il est juste essentiel. Est-ce suffisant pour toi ? En quoi peux-tu m'aider, toi qui es mort depuis plus de huit cents ans, toi dont il ne reste même plus la moindre trace de poussière, seulement une fête au calendrier et des images quétaines de toi avec des oiseaux qui volètent autour de ta tête ? À quoi bon prier, moi, pour qui tout s'éteint avec la mort ? Que signifie le geste de prier ? Demander ? À qui ? À quelqu'un de surnaturel ? À n'importe qui ? À l'univers ? Avouer son impuissance en supplications désespérées ? Espérer malgré la réalité ? Contre toute logique ? Manifester son refus de l'absurde ? Défier le sort inévitable ? Essayer d'être le plus fort dans l'impossible ?

Et pourquoi ai-je dit que tu étais essentiel, Louis ? Pourquoi est-ce sorti de ma pensée, tout à coup ? Pourquoi ce mot inattendu a-t-il surgi dans ma prière ? Peut-être que je deviens carrément fou. Ouais, j'aurais de bonnes raisons de virer fou, toutes les raisons du monde. Mon père va vraisemblablement mourir dans mes bras, dans mon sac de couchage, dans ce refuge, dans la Meta Incognita, sur la terre de Baffin, au Nunavut, l'arbre est dans ses feuilles, maluron, maluré… Ça y est, je suis fou.

De temps à autre, il geint. C'est peut-être une illusion ou un reflet de mes désirs, mais il me semble que son corps se réchauffe. Je n'ai pas encore eu le réflexe de lui parler sauf, bien entendu, ce matin quand je l'ai découvert. Je lui parlerais pour lui dire quoi ? Tout ce qu'un fils aurait aimé dire à son père un jour ? Arrête, Tom, tu te ferais pleurer toi-même tellement tu serais pathétique ! De toute manière, je ne sais pas quoi lui dire, et puis j'ai peur qu'il m'entende du fond de son coma.

Il est sale, il pue. Son éternelle barbe de trois jours d'acteur sur le retour est devenue une barbe d'un mois. Pleine de gris. Il a déjà perdu beaucoup de cheveux et ça me désespère d'avoir les mêmes gènes. C'est une de mes forces, mes cheveux. Toutes les filles me tirent la couette et j'adore cette marque d'intérêt. Il y en a toujours une qui me talonne pour me faire une tresse. À regarder sa calvitie naissante, je rêve qu'il n'est pas mon vrai père, que le mien est un singe avec du poil qui poussera encore cent ans après sa mort.

Il fait pitié. On a la même taille. Avec un minimum de chance, je grandirai encore un peu, juste pour le dépasser. En tout. Ce ne sera pas bien difficile. Sauf pour la taille, car je n'ai pas de pouvoir là-dessus.

Il n'a jamais eu de bedaine. Il n'a jamais eu l'air d'un mononcle un peu mou tétant sa bière et la gardant entre ses grosses cuisses les après-midi d'été, en short, au bord de la piscine. On n'a pas de piscine. Il n'a jamais tété de bière. Le scotch, c'est son côté classe. Oui, classe artiste, mon père. Provocateur par choix et non parce que c'est un innocent. Éternel adolescent. Je pense que je suis plus mature que lui. Drôle et spirituel. N'a pas fait ce qu'il aurait dû faire, c'est-à-dire se reprendre et tasser ses états d'âme, arrêter de s'appuyer sur ma mère, trop certain qu'elle garderait le fort, qu'elle me préparerait à manger trois fois par jour, pour toujours. Si elle n'avait pas été là, sur qui se serait-il appuyé ? Sur qui peut-elle s'appuyer maintenant ?

Sur moi, quelques amis, de la famille, oui. Mais de toi, elle n'a eu que du vent ! Je t'en voudrai éternellement pour ça.

J'ai faim. Si ça ne te dérange pas, je vais déguster un de ces immondes biscuits énergétiques censés me bourrer de calories et me faire tenir tout l'après-midi. Je vais en bouffer deux. Je mangerai davantage plus tard. Plus tard ? Il n'y a plus de temps ici, Louis. Il y a cette cabane sans ouvertures où il fait toujours noir, il y a toi et moi en attente d'être sauvés on ne sait quand. Ou au contraire, il n'y a que ça, ici, du temps. Du temps qui ne file plus, mais qui tourne en spirale et qui revient à son point de départ, éternellement. À quoi m'aurait servi ma montre dans ce vide temporel ? On n'avance plus, on ne vieillit plus, on est coincés tous les deux dans un fragment d'univers qui a cessé son expansion. On est absorbés par une capsule de planches et plus rien du dehors ne nous atteint. On ne bouge pas, on est tenus immobiles par une tonne de gommette bleue. Par toi.

Si je meurs, t'as avantage à mourir aussi. Sans ça, maman va te tuer de ses propres mains. Tu n'as pas idée à quel point je te déteste de me faire risquer ma vie et celle d'Ulu. À quoi ça te servira de survivre ? Qu'est-ce que tu feras avec la vie qui te sera redonnée si jamais tu te remets ? Rien, je suis certain. Et pourtant, je prie.

Je prie pour qu'il n'arrive rien à Ulu. Qu'elle nous sauve. Oui, j'ai dit « nous ». Que maman guérisse. Que tu l'aimes et l'aides. Comme un petit enfant qui veut voir ses parents réunis à nouveau. Que tu abandonnes l'alcool. Que tu retrouves ton atelier. Que tu te foutes des critiques qui t'ont descendu, que tu trouves ce que tu as dans le cœur, que tu retrouves ton front de « beu » et que tu produises la plus monumentale et géniale sculpture de ta vie. Ou que tu fasses des clôtures, des escaliers et des luminaires de métal et que ce soit ça qui est ça.

Tu ne peux pas comprendre ce que je te dis là. Je pourrais tout aussi bien te raconter l'histoire du chien qui refusait d'être changé en homme. L'histoire de Patte Bleue qui s'est sacrifié pour nous. Ça y est, voilà que les larmes montent. Pas pour toi, mais pour ce chien-là. Si je m'en sors, j'irai, moi, dans ton atelier, et je sculpterai des dizaines, des centaines de Patte Bleue, parce que tu sais quoi ? Maintenant, dans toutes les pierres, dans tous les blocs, les arbres, le fer ou les éponges molles, je verrai Patte Bleue. Il y sera caché, peu importe la forme du matériau. Je deviendrai le plus grand sculpteur de Patte Bleue du monde ! C'est ça qu'il y a dans la pierre, Louis, simplement ce qu'on veut y voir.

C'est ça qu'il y a dans la vie aussi, ce qu'on veut y voir. C'est encore plus que ce qui y est simplement. Paroles de vieux, me dirais-tu. Oui. Mais on sait déjà tout en arrivant dans ce monde. Et puis un cocon se tisse autour de nous. Et on passera notre vie à essayer d'en sortir et de déployer nos ailes. On avancera en aveugle, en cherchant la forme cachée au fond du tas de chair qu'on est. « Il y a toi, Tom », m'a dit Ulu. Peut-être que ça prend d'autres mains pour la faire surgir, cette forme, des mains douces et patientes qui, à force de caresses, à force de nous polir, révéleront la beauté cachée en chacun de nous.

Tes yeux bougent sous tes paupières. Tu rêves. À quoi ? Toi qui ne rêves plus à rien, éveillé, peux-tu encore t'envoler dans ton sommeil ? Peux-tu encore être heureux quand tu dors ? Emmagasiner ces moments-là pour qu'ils te supportent le jour ? Pourquoi es-tu encore vivant, si tu es si malheureux ?

Je suis content que tu ne puisses pas me répondre. Je ne veux pas vraiment le savoir. Qui veut connaître le fond du cœur de ses parents ? Tu n'es pas une personne. Tu es mon père. Ce que j'aurais voulu trouver dans ton cœur, c'est moi. Et je n'y suis pas. C'est réglé.

J'aimerais former un groupe de musique. Comme nom j'ai pensé à « Les truies en furie », « Les vaches de course » ou « La grippe du poulet ». Ça va dépendre du genre de musique, si c'est fou ou pas. Il faudrait d'abord que je trouve les musiciens. Moi, je serais le chanteur. Tu ne sais pas, mais je chante bien. Oui, monsieur. Enfin, je chante juste. J'ai déjà des idées pour un clip, sauf que je dois écrire la chanson qui va avec les images. Si j'avais un crayon, voici ce qui me vient, ce que je mettrais sur papier.

C'est dans le noir que je te vois le mieux
Tes yeux bleus, ta peau dorée, le lustre de tes cheveux
C'est dans le noir que je t'entends le mieux

Heureux d'un doux murmure en guise d'histoire

— Qu'est-ce que tu en penses ?
— Pas mal. Mais est-ce qu'elle a vraiment les yeux bleus ?

* * *

C'est dans le noir, parfois, qu'on me voit le mieux. Parce qu'on me voit avec son âme. Ainsi, je peux être de toutes les couleurs, de toutes les formes, de tous les désirs. Je suis restée, au départ de Patte Bleue, car pour exister, je dois être vue. Sans un regard posé sur moi, je ne suis rien, sans une émotion, je n'ai pas de sens.

Tom allume sa lampe de poche : il a besoin d'une preuve visible que la voix n'est pas une hallucination auditive. Alors, Louis bouge, il s'écarte de son fils en même temps que son fils s'écarte de lui. Chacun reprend sa place, son rôle, son malaise.

La nuit est tombée depuis longtemps déjà, mais ces deux-là ne s'en formalisent pas ; ils ont perdu leurs repères. Désorientés dans ce temps et cet espace inconnus, ils ont peut-être une chance. Qu'il faut vite attraper car, bientôt, la conscience d'eux-mêmes et le repositionnement dans leur espace les enfermeront de nouveau et à jamais dans leurs défenses de toujours. Il faut nécessairement s'égarer pour se retrouver.

Combien de temps durera le silence surpris ? Quelques secondes ou mille ans. Le temps de reprendre pied, le temps de repasser dans sa tête tous les codes, toutes les raisons de se taire, tous les dangers de la parole. Le premier mot qu'on dit est le seul qui importe. Non pour ce qu'il signifie, mais pour ce qu'il livre de nous. Ce qui l'accompagne, c'est toute l'histoire qui les enchaîne et les rapproche. Dedans, le passé, mais aussi le futur. Ouverture ? Fermeture ? De cette seconde dépend l'avenir.

Tom a déjà compris que dans le « Excusemoi » qui fut le premier mot dit à Ulu, alors qu'il lui est presque tombé dans les bras, dans l'avion, il y avait dans son cœur la volonté gênée de se faire aimer d'elle. Que dira-t-il à son père ?

***

— Noisette. Elle a les yeux noisette.

Chapitre 9

L'odorat du chien

L'odorat est le sens le plus développé du chien, et aucun homme ne peut même imaginer ce qu'un chien peut découvrir grâce à son flair. Le nez de l'homme est composé de cinq millions de cellules olfactives, alors que le chien en possède deux cents millions. De plus, celles-ci sont vingt-cinq mille fois plus sensibles que celles de l'homme.

Et l'homme, lui, avec quelle habileté distinctive est-il né ? Aucun de ses sens qui ne trouve plus aiguisé que lui dans la nature. Alors ? Sa capacité de survie ? Il en a pour vingt ans avant d'être capable de se débrouiller, et encore. Son instinct ? Pas fort. Son cerveau ? Ouais. Il pense. Mais est-ce vraiment une force ? C'est peut-être ce qui fait son malheur. Il rit. Ça, c'est important. Voilà ce qui le distingue ! Il rit. À gorge déployée, jaune, sous cape, aux éclats, aux larmes, il meurt de rire, il a le mot pour rire, il se moque, il plaisante, il a le sourire fendu jusqu'aux oreilles. Le rire est le propre de l'homme, capable des niaiseries les plus drôles, de l'humour le plus fin, des farces les plus plates, des blagues trop vulgaires et des mots d'esprit qui font sourire.

La preuve : mon père. Il est à moitié mort et il rit. De moi, en plus. Depuis toujours, ça a été sa manière de m'aborder. Pourquoi ? Pour garder ses distances. Pour avoir l'air de montrer que rien n'a vraiment d'importance. Pour être gentil aussi, je crois. C'est le côté de mon père que j'ai toujours aimé. Celui qu'il me montre à la lueur de la lampe de poche. « Ami-ami », voilà les sous-titres que je dois lire quand il m'achale avec ma poésie d'ado amoureux. Il retarde ainsi la question qu'il sait que je vais lui poser :

— Qu'est-ce qui t'est arrivé ?

Il laisse tomber la moquerie, essaie de s'asseoir, en est incapable, trop faible.

— Je t'avertis, Louis, tu es mieux de ne pas me raconter d'histoires.

— …

— J'attends.

— C'est difficile à expliquer, Tom.

— Tu as tout ton temps. On est tout seuls

et on a juste ça à faire, jaser. On va peut-être même mourir en jasant.

— Ce serait bête. Tu ne peux pas mourir juste comme tu tombes amoureux. Parle-moi d'elle.

— Tu ne réponds pas à ma question.

— J'ai voulu mourir. Voilà. Comme je n'y arrivais pas dans ma tente, je suis sorti dehors et j'ai décidé de marcher jusqu'à la fin.

— Avec ton sac de couchage sur les épaules.

— Avec mon sac, oui, Dieu sait pourquoi, je voulais peut-être avoir assez de chaleur pour me donner le temps de me voir marcher vers ma fin ?

— Arrête-moi ça ! Tu t'es donné une chance de survivre et tu le sais. Tu t'es rendu ici, ce n'est pas pour rien. Le radar a fonctionné au max.

— Tu devrais aller en psychologie, toi.

— Je te l'ai dit, pas d'histoires.

— Je ne sais pas comment j'ai pu me rendre jusqu'ici, j'aurais dû geler bien avant.

— L'alcool conserve.

Touché. Dans son hésitation à répondre et au durcissement de sa mâchoire, je vois qu'il se contient. Non, il ne me frapperait pas, il ne l'a jamais fait. Il soupire, bon, un peu de laisser-aller.

— Je n'ai pas pris une goutte d'alcool depuis que je suis dans le Nord.

— Est-ce que je suis censé te féliciter ?

— Non. Qu'est-ce que tu fais ici, Tom ?

— Je suis venu te chercher, imagine-toi donc. Toi, tu peux me féliciter pour ça. Parce que je n'étais pas obligé.

— Pas une seconde. Tu n'aurais…

— Si tu viens me dire que je n'aurais pas dû, je te laisse ici et je disparais, puis là tu vas pourrir ici pour de vrai.

— Il fait trop froid. Mon corps se conserverait.

— Mettons, tu sais ce que je veux dire.

— Oui.

Il entre en lui-même. Ça travaille en dedans et pas rien qu'un peu. Il marche sur des œufs, se demande comment me parler. Ce n'est pas moi qui vais le lui dire, parce que je ne sais pas comment. Je suis tiraillé, en réalité, entre l'envie qu'il me dise quelque chose de grave, d'intelligent, et l'envie de l'assommer raide, de ne plus l'entendre jamais. Je l'ai sauvé, parfait. Maintenant, je n'ai plus besoin de lui.

— Comment t'es-tu rendu ici, Tom ?

Je lui explique. Avec peu de mots, au début. Je résume : Patte Bleue, Ulu, mon rêve. J'en raconte un peu plus sur la tempête. Puis, peu à peu, je me prends à ma propre histoire. Je m'enhardis et je raconte, avec tous les détails. Je me mets à parler comme un moulin. Les mots sortent à toute vitesse sans que j'aie le moindre contrôle. La tempête, les refuges, la marche, l'ours, l'inukshuk, son mot, j'ignore pourquoi, soudain, je lui parle comme ça, peut-être parce que les mots allègent l'atmosphère ou parce que pendant que je parle, il se tait et ne peut pas me décevoir par une conver- sation insuffisante. C'est ça, oui, je parle pour ne pas être déçu une autre fois, parce qu'au fond, et je me déteste pour ça, j'attends encore quelque chose de lui.

— Tu es devenu un homme, mon fils.

— Faut pas charrier.

— Tu as bravé les pires conditions pour me sauver.

— Honnêtement, je ne savais pas dans quoi je m'embarquais. Je ne l'aurais peut-être pas fait.

— Penses-tu?

— Je n'étais pas tout seul, Ulu et Patte Bleue étaient là.

— Ça ne t'enlève pas ton mérite.

— Où tu t'en vas avec ton mérite? On n'est pas à l'école.

— Tu ne m'aides pas, là.

— J'en ai déjà assez fait.

— Oui.

Normalement, nous devrions continuer sur cette lancée quelque peu agressive jusqu'à ce que la chicane prenne.

— Je ne veux pas me chicaner, Tom. Je veux te remercier.

— Il était temps…

— Merci d'être parti à ma recherche.

— Je ne t'ai pas trouvé, je te signale. Tu t'es arrêté ici tout seul.

— Si tu n'avais pas été là, je serais mort. Tom, tu n'as pas fait ça pour rien, je te le promets.

— Tu te trompes : j'ai fait ça justement pour rien. Je ne veux rien en retour. J'ai fait ça pour moi, pour ne jamais avoir le moindre doute de t'avoir abandonné et pour ne pas avoir ta mort sur la conscience. J'ai fait ça pour ma tranquillité d'esprit.

— Excuse-moi, Tom, mais il y a plus que ça.

— À moins que ce soit pour pouvoir te rendre redevable envers moi. Pour t'humilier.

— Ce n'est pas dans ta nature d'être aussi retors. Même si on ne sait pas ce qui nous motive au fond.

— Tu dis ça juste pour m'amadouer. Ça ne fonctionne pas.

— Pense ce que tu veux. As-tu du thé ?

— Bonne idée. Ça refroidira l'atmosphère en nous réchauffant.

Le pire, c'est que je n'ai même pas envie d'être agressif. Mais c'est plus fort que moi : chaque fois qu'il ouvre la bouche, je fais ricocher ses mots. Je ne veux pas qu'ils entrent. Je ne veux pas plier, ni me laisser aller, ni être déçu après, quand tout redeviendra comme avant.

— Je peux au moins te jurer ceci, Tom : l'alcool, c'est fini. Je t'ai, avec ta mère, donné la vie. Tu me redonnes la mienne et je ne vais pas la gâcher une seconde fois.

— Promesses, promesses…

— Je sais. Ce sera dur. Mais je ne dis pas : « Je vais essayer. » Ce serait me laisser une porte de sortie. Je vais le faire.

— Je te le souhaite. Mais pour ce qui est des effusions d'amour filial devant les héroïques efforts paternels, oublie ça.

— Comment disais-tu tantôt ? Je fais ça pour moi.

— Merci quand même.

— Bon, pour toi aussi, alors.

— Je m'en fous, je ne vais pas vivre avec toi.

— OK, je me tais.

— C'est parfait.

Il essaye au moins, c'est toujours ça. Il fait un effort. Mais ce n'est pas naturel. Ce n'est pas un élan. Ça manque de conviction. D'émotion. De sincérité.

Je lui sers son thé. Il a de la difficulté à saisir sa tasse. Il souffle sur le liquide chaud. Il boit à toutes petites gorgées. Si j'étais magicien, je verserais dans chacune une goutte de courage. C'est ce qui lui a manqué. Ce qu'il n'avait pas. Ce qu'il n'a jamais cherché à avoir.

— Si tu t'en sors, auras-tu, toi, enfin, le courage de devenir un homme?

Jamais je n'aurais cru, un jour, dire une telle chose à mon père.

Il ne me regarde pas. Il dépose sa tasse. Il ferme les yeux. Il absorbe. Et moi, j'ai tout à coup l'impression de léviter. Je flotte, je m'élève. Un poids énorme vient de sortir de mon corps. Je pèse une plume. Mon âme passerait le test des Égyptiens pour entrer au paradis.

— C'est ce à quoi je vais consacrer le reste de ma vie, Tom.

De grosses larmes coulent le long de ses joues, mais ça ne m'attendrit plus, ce théâtre-là. Peut-être se croit-il, c'est toujours ça de pris.

— Je vais devenir aussi fort que toi.

— Tu en mets trop.

Alors, il fait cette chose incroyable : il éclate de rire. Il rit aux larmes, c'est le cas de le dire. Il rit comme si je venais de raconter la meilleure blague qu'il ait entendue de sa vie. Il n'est plus capable d'arrêter. Il est plié en deux, il manque de souffle. Ce doit être une crise de *delirium tremens*. Il rit à s'étouffer et moi, qu'est-ce que je trouve à faire ? Je me mets à rire aussi. De même. Pour rien. Je ne sais pas pourquoi. Juste parce que lui n'est pas capable de s'arrêter. Je ris, je crois, parce que c'est ainsi que j'aime mon père. Je l'aime mieux quand il rit de moi que lorsqu'il verse dans le psychodrame.

— OK, Tom, on recommence. J'ai faim. Ça fait des jours que j'ai mangé quelque chose. Il y a quoi, dans notre immense frigo, à part nous deux ?

— Des barres énergétiques.

— À quoi ?

— Des saveurs avec ça ? Attends. Fraises, chocolat, amandes.

— Chocolat.

— Évidemment. La meilleure.

— Bon, je te la laisse. Amandes alors. Surtout pas les fraises. Ça goûte le *ouache*.

— On va finir par la manger.

— Quand il ne restera qu'elle. Merci. Mettons que c'est une cuisse d'outarde braisée dans le vin rouge.

— Tu as dit plus d'alcool.

— Même pas dans l'imagination ?

— Même pas.

— OK, patron. Braisée dans le thé. Comment elle est, ta blonde ?

— Arrête de me niaiser avec ça.

— Je ne veux pas me moquer, Tom. Je veux savoir qui est cette fille extraordinaire qui a réussi l'exploit de se faire une place dans ton cœur.

— OK. Mais jure : pas de blagues, sans ça, je ne dis rien.

— Juré.

— Elle s'appelle Uluriak.

— C'est tout ?

— Ulu, pour les amis. Comme le couteau.

— J'en ai acheté un, très beau. Des sculptures aussi. Plusieurs. Je n'arrive à la cheville d'aucun de ces sculpteurs.

— Il y a des femmes aussi qui sculptent.

— Oui. Des doigts de fées.

— Comme Ulu.

— Pardon ?

— Tu m'as demandé de te parler d'elle et tu ramènes la conversation à toi.

— Excuse-moi. Parle-moi encore d'elle.

— Ce serait mieux que tu la voies. Si elle revient.

— Elle reviendra, Tom.

— Ce n'est pas certain.

— As-tu d'autre choix que d'y croire ?

— Regarde qui parle ! Tu n'as jamais cru en rien.

— Oui. En moi. J'ai mal choisi.

— Arrête avec ça ! Reviens-en. Bon, tu es un échec, ça arrive, fais autre chose.

— Merci ! C'est un peu direct, mais sincère.

— Hé ! On va laisser faire les gants blancs, ce n'est pas le moment. Tu vas faire quoi, quand tu auras arrêté de boire ?

— Le commerce de l'art.

— Bonjour la déprime à long terme. Cherche une autre idée.

— Que veux-tu que je fasse ? C'est tout ce que je connais, l'art.

— Je ne sais pas, artisan forgeron : ça sonne bien.

— Ouais. Peut-être. J'ai des doutes. Il est trop tard.

— Comment ça, trop tard ? S'il était trop tard à cinquante ans, maman ne se battrait pas pour survivre !

— Comment va-t-elle ?

— Mal. Très mal. Appelle-la.

— Elle me raccrochera au nez.

— Tu vois, tu penses encore à toi, pas à elle.

— Tu ne m'en passes pas une, toi.

— Non.

— Tu crois qu'elle me parlera ?

— Elle est trop occupée à se soigner pour prendre le temps de t'en vouloir. C'est justement le bon moment. Après, oui, peut-être qu'elle te fermera la porte au nez.

— Qu'est-ce que je peux faire ?

— La même chose que pour moi : t'occuper d'elle. Sors de ton nombril.

— Quand tu auras mon âge…

— Bon, une autre défaite avec ça ? Il n'y a pas d'âge, il y a juste des gestes, des actions.

— Tu vois tout avec ton énergie de seize ans, mon grand.

— Non, je vois tout avec un peu de bon sens. Oublie la désillusion, la fatigue, l'abandon et le reste. Si tu renais, c'est pour vivre. Un bonbon ?

L'occasion est trop belle et ne repassera pas. Me voyez-vous, moi, faisant la morale à mon père ? Un rêve ! Il est tellement faible, tellement déstabilisé, que c'est en plein le moment d'en profiter pour lui tirer les promesses et les regrets. Et je serai là pour les lui rappeler. Ça ne donnera peut-être rien. À vrai dire, je ne m'attends à rien. Mais s'il peut juste donner un coup de main à ma mère, l'aider à traverser son enfer, lui tenir la main, il aura déjà justifié le reste de sa vie. C'est tout ce que je veux. Rien pour moi. Il est trop tard.

— Tu as raison, Tom, il n'est jamais trop tard.

Oups !

— Et si je devenais éleveur de chiens de traîneau ? Qu'est-ce que tu en penses ?

— Tu ne vas pas démarrer une usine à chiens, jamais de la vie.

— Ouais. Puisque j'aurai — peut-être — une nouvelle vie, j'aimerais la changer du tout au tout. Tu veux faire quoi, toi ?

— Devenir artiste, imagine-toi.

— Seigneur ! Tu n'as pas déjà assez vu comment c'est difficile ?

— Je réussirai, moi.

— Si tu conserves ton bel enthousiasme aveugle, il y a des chances. Mais pourquoi ?

— Parce que dans chaque pierre il y a un chien.

Là, il me regarde intensément. Longuement. Il a ce geste incongru de mettre sa main sur la mienne. Il la retire, comme par gêne, et me secoue l'épaule en la serrant de ses doigts forts. Je sais qu'il veut me dire que je viens de répondre la seule chose possible, je sais qu'il veut me dire qu'il m'aime. Mais il ne le fera pas.

— Dans chaque vie, il y a une vie encore meilleure… dit-il.

— Dans chaque personne, il y a une personne encore meilleure.

— Dans chaque bonbon, il y a un centre encore meilleur.

— C'est ce dont je m'entretenais avec saint François d'Assise.

— Toi ?

— Je m'arrange pour ne jamais être tout seul.

— Drôle de choix d'ami. Il te répondait ?

— Je ne lui demandais rien, je lui parlais, c'est tout.

— Demande-moi ce que tu veux, Tom. Que veux-tu que je fasse pour toi, maintenant ?

La colle ! Il y a des années que je m'en plains, que je répète qu'il aurait pu faire ceci, faire cela, et maintenant… Il faut que je trouve quelque chose de simple. Tiens, je devrais lui demander de m'offrir ma première voiture ! C'est juste de l'argent, c'est facile. Mais ça briserait le moment. Quoi, alors ?

— Je te l'ai déjà dit : t'occuper de maman.

— Ça, c'est entendu. Pour toi ?

— Aucune idée. À toi de décider.

Je lui refile le problème. Qu'il s'arrange. Qu'il soit à la hauteur ou non, je m'en fous. Je suis déjà ailleurs, dans mon rêve de vie avec Ulu. Je ne le traînerai plus dans mes poches, dans mes bagages, dans ma tête. C'est fini, bien fini. Je viens de m'en débarrasser pour toujours. Réglée, terminée, la crise père-fils. On passe à un autre appel. C'est la fin de la consultation, docteur Thomas a autre chose à faire, comme vivre sa vie.

Si ça se trouve.

On a froid. On a beaucoup de difficulté à se réchauffer. Je sais qu'il fait nuit. L'aurore boréale aura aspiré ma rancœur pour mon père, mais je ne vois pas ce qu'elle en a fait. Impossible de sortir, je mourrais sur place.

Je tremble. C'est au tour de mon père de me prendre dans ses bras pour me réchauffer. J'ai un mouvement de recul, mais j'ai si froid que je m'abandonne. La voilà, la belle justification. Le froid. Et si je l'avais laissé me serrer dans ses bras parce que j'en avais envie ? Ce serait difficile à admettre. Mais si ? Mais si, comme un petit garçon, j'avais eu besoin que les ailes de mon père se replient sur moi, pour m'y sentir en sécurité, m'y sentir bien ? Si je me contrôle bien, si je retiens mon souffle, il ne s'apercevra pas que je retiens mes larmes de toutes mes forces.

— Je t'aime, Thomas.

— Moi aussi, papa.

On s'est endormis collés l'un contre l'autre. C'est l'hélicoptère qui nous a réveillés. Enfin, moi.

Chapitre 10

La vitesse de l'avalanche

Une avalanche peut dévaler une pente à la vitesse de trois cents kilomètres à l'heure, et même plus, à la suite d'une rupture d'équilibre dans la masse neigeuse. Il n'y a que trente-quatre pour cent de chances qu'une personne ensevelie sous la neige survive plus de dix-huit minutes, et ce, si on ne tient pas compte des blessures qu'elle a pu subir sous l'impact. Il est donc impératif de dégager les victimes d'avalanche en moins de quinze minutes, ce qui laisse peu de temps pour se rendre sur les lieux de l'accident, pour repérer les survivants et les ramener à l'air libre. Dans la plupart des cas, ce sont les compagnons sains et saufs qui trouvent les personnes enfouies, si elles ont eu la sagesse d'emporter avec elles un émetteur.

Au réveil, je ne pouvais rien pour sauver mon père qui était déjà froid. Il était enseveli sous une avalanche de mort blanche. J'ai couru vers l'hélicoptère à trois cents kilomètres à l'heure, alors qu'il se posait et qu'en sortaient Ulu et un homme avec sa trousse. Le médecin s'est précipité vers le refuge, s'agenouillant à côté de Louis. Ses gestes étaient précis, rapides, sûrs, calmes. Il ne sentait plus de pouls, mais un fin nuage de souffle, apparemment inexistant, est apparu sur le miroir de la trousse d'urgence. Le docteur a alors mis à profit ses cent années d'études et il a réussi à ressusciter mon père. Cet homme-là n'est pas tuable. Même s'il le voulait, la vie n'allait pas le laisser mourir. Il a été sauvé deux fois en deux jours : ce ne doit pas être pour rien quand même !

Direction l'hôpital. Pour lui. Moi, je ne veux pas monter à bord. J'ai froid, j'ai faim, je suis épuisé et je ne veux pas rentrer. Je ne veux pas retourner encore, je ne veux pas le veiller à l'hôpital, puis aller veiller ma mère. Je veux… je veux juste rien. Tanné, Tom, décalé, zombie. Mais je veux retourner à Iqaluit à pied, maintenant que la mission que je me suis donnée est accomplie. Le médecin et le pilote veulent m'obliger à monter. Et voilà que du fond de son inconscience Louis leur fait signe de me laisser.

Je crois que c'est la première fois qu'il me comprend.

La météo s'annonce bonne : pas de précipitations pour les prochains jours et même un redoux.

— Je peux rester avec toi ? me demande Ulu.

Rester avec moi ? Oh ! Ulu, si tu savais à quel point je veux que tu restes avec moi ! Je ne veux parler à personne d'autre qu'à toi. Ou ne pas parler, à toi. T'entendre me raconter ta course vers Iqaluit, ma belle Ulu, si courageuse, si merveilleuse.

Oui, reste.

Voilà, c'est organisé, le pilote reviendra dans une heure nous porter des vivres pour le retour. Il m'apportera un bon repas, tout chaud, que je dévorerai avec l'appétit du jeune champion de basket que je suis. Ça coûtera un bras à mon père, mais c'est drôle, j'ai l'impression qu'il paiera sans rechigner. En attendant, j'irai me blottir dans les bras de ma blonde et m'y réchauffer le corps et le cœur.

— On a trouvé l'ours polaire : il ne représente plus de danger, il s'en va vers le nord-ouest, me dit Ulu en me prenant la main.

Elle regarde par terre, elle connaît ma prochaine question.

— Et Patte Bleue ?

— Aucune trace.

C'est là que moi, Thomas, seize ans, je me suis effondré. Que je me suis vraiment laissé aller à brailler comme un bébé, dans les bras de la seule personne au monde qui pourrait me consoler parce qu'elle sait, parce qu'elle était là, parce qu'elle a vécu avec moi ces jours, ces mois, ces siècles depuis mon arrivée ici.

« Après l'accident d'avion, les deux jeunes parviennent à sauver un des passagers, à surmonter les difficultés innombrables et à survivre dans l'immensité hostile. Serait-il tombé amoureux d'elle dans d'autres circonstances ? Est-ce l'enfer qui a fait s'embraser son cœur ? Non, il le sait maintenant. Il l'aurait aimée n'importe où, n'importe quand, même dans une virée au paradis. Et c'est là qu'il se promet d'aller avec elle. Alors que nous volons un peu plus tard vers une île du sud, baignée de soleil et de paresse, un moteur de l'avion cesse de fonctionner. L'appareil pique du nez et plonge à toute vitesse vers un volcan en activité. »

— Tu penses à quoi, là, Tom ?

— Euh, à un volcan.

— Alors, tu penses à mon cœur quand je pense à toi.

Je ne pourrai jamais la quitter.

Ils n'ont maintenant plus qu'à être ensemble, à se découvrir. Se dévoiler ? C'est déjà fait. Je n'ai plus à leur faire signe : ils sont maintenant entrés en moi. Je les entoure, les caresse et, où qu'ils portent leur regard, tout n'est qu'enchantement puisqu'ils sont ensemble. Les couleurs sont plus vives, plus éclatantes, les formes plus parfaites, plus harmonieuses ; les sons deviennent des chants de fées, le vent, un carillon de Noël. Ils évoluent dans la beauté pure. Je les entoure et l'amour me rend encore plus éclatante. Ils m'absorbent et irradient, resplendissants.

Beauté du monde, des êtres, des gestes, des élans du cœur, je suis là, toujours, pour qui veut de moi.

* * *

— Connais-tu la légende des Trois lieues, Ulu ?

— Non. Raconte.

— Eh bien, dans des temps très anciens, en Chine, lorsque les armées impériales en campagne ne pouvaient plus avancer, épuisées à l'extrême, les médecins chauffaient chez chacun des soldats un point d'acupuncture situé près du tibia, sous le genou. Ce point d'énergie, une fois traité, permettait à l'armée de reprendre la route et d'avancer encore de trois lieues. D'où son nom : le point des Trois lieues. Trois lieues, c'est la distance entre l'entrée du parc et le refuge où est arrivé mon père.

— Donc, la distance à parcourir en chemin inverse. Viens ici.

— Pourquoi ?

— Viens !

Elle met sa main sur mon cœur.

— Si je chauffe ce point-là, quelle distance crois-tu que tu pourras parcourir ?

— Toute la Terre !

Alors, elle pose ses lèvres sur les miennes :

— Et celui-ci ?

Je l'embrasse de toutes mes forces, en pensant que je franchirai ma propre vie.

Et c'est à cet instant de félicité que nous l'entendons geindre tout près : Patte Bleue.

Chapitre 11

Les autruchologues calculent le poids de l'âme

L'autruchologie est une science qui n'existe pas. C'est pour cela que je devrais l'inventer. Bien sûr, il y a déjà des gens qui étudient le comportement des autruches, mais pas d'autruchologues diplômés. Un autruchologue serait évidemment un expert en plumes. Donc la personne rêvée pour calculer le poids de mon âme et pour m'expliquer pourquoi elle était si légère hier, et si lourde aujourd'hui. Elle pourrait aussi m'indiquer comment rétablir l'équilibre. Moi, je ne sais pas.

Pour Aristote, l'âme, c'est le principe d'animation, du mouvement. Alors, mon âme se rebelle et veut faire la grève. Elle ne veut pas bouger, elle ne veut pas s'en aller, elle veut prendre racine, non pas dans la terre, mais s'enrouler autour d'Ulu comme une plante grimpante.

Je regarde la mer gelée dans la baie d'Iqaluit où la marée est une des plus fortes au monde, avec une différence de dix à treize mètres entre le niveau le plus haut et le niveau le plus bas. Ainsi montent et descendent mes espoirs, mes illusions, la réalité qui frappe. Patte Bleue m'accompagne sagement dans la contemplation de ma marée intérieure, attentif au moindre geste, à l'ordre à venir, au changement de cap. Si l'âme est ce qui nous permet de nous mouvoir, celle de Patte Bleue est aussi grande que l'univers !

Il a enfilé des kilomètres sans avoir rien eu à manger, entraînant Nanuk loin de nous. Je suis persuadé qu'il l'a fait consciemment, qu'il a fait exprès d'éloigner le danger. Un chien qui vous aime vous protège. En tout cas, celui-là. Un candidat idéal au chantage de protection pour avoir un biscuit en retour. Il était affamé, affaibli, épuisé, comme moi... Il a eu droit à la moitié de nos vivres ; on lui devait au moins ça. Je lui dois tant.

Nous sommes revenus, tous les trois. Heureux.

Et maintenant, je fais quoi avec toi, Patte Bleue ? Je t'emmène dans le sud ou je te laisse dans ton élément ? Il fait chaud, chez moi, tu sais, et nous n'avons qu'une cour.

C'est interdit pour toi de marcher sans laisse. Et il n'y a pas d'autre danger que celui de l'ennui qui sera si difficile à combattre pour toi. Mais quoi ? L'important, c'est moi ? Oui, c'est vrai, l'important, c'est toujours celui qu'on aime. Et puis, c'est décidé : je te garde. Je peux t'emmener. Pas elle.

Mon père se rétablira vite. Il est fait en roc. Il vogue sur un nuage, béat. Il n'en revient pas de ne pas être mort et il jure dix fois par jour que plus rien ne sera comme avant. Ça prenait juste deux résurrections. Avoir su, je l'aurais poussé en bas d'une falaise bien avant. Enfin, le temps que ça durera.

J'ai longuement parlé avec ma mère. Aux frais de Louis. Elle était catastrophée. Ça m'a pris un temps fou à la calmer, la rassurer, lui expliquer que si je pouvais lui raconter cette extraordinaire aventure, c'est que j'en étais revenu. Elle voue mon père aux feux de l'enfer et ne croit pas qu'il veuille changer. On verra, maman, on verra. Garanti que tu seras là pour constater toi-même l'amélioration décrétée. Son traitement est terminé. Dans deux mois, elle sera comme avant. C'est ce que le médecin lui a dit. C'est ce que je lui dis.

Je n'ai pas fait mes travaux d'école, bien sûr. Mais attends la production écrite que je vais leur concocter, la présentation en anglais, en histoire, en physique, en n'importe quoi ! Je mérite le passage au cégep haut la main, et même sans examens.

« Après avoir sauvé son père, le jeune homme rentra chez lui, grandi, vieilli, mûri, son chien trottinant derrière lui jusqu'en classe, permission exceptionnelle pour l'accomplissement d'un si grand exploit : la société des hommes ne pouvait les séparer. Mais il rentrait aussi avec son âme en peine sous le bras. Parce qu'elle n'était pas là. »

Il n'y a plus d'histoire, Tom. Elle s'arrête ici. Quoi que tu imagines dans ta petite tête, la réalité frappe maintenant : Ulu habite ici, et pas toi.

Ses parents étaient renversés, outrés, scandalisés, peinés, inquiets, fâchés, soucieux, bref, hors d'eux. Mais ils sont aussi extrêmement fiers d'elle. Elle qui, pour sauver un inconnu en somme, a marché contre le vent les douze kilomètres la séparant de l'entrée du parc, où, enfin, le téléphone satellite a fonctionné.

Ils m'ont accueilli chez eux. En dehors du parc, des refuges, du danger, dans le confort douillet d'une maison où le train-train quotidien refait surface, dans un contexte totalement différent, Ulu, je l'aime toujours autant.

Et elle m'aime. Elle viendra chez nous à Noël. Ce n'est pas si loin.

Ce n'est qu'une question de temps.

Mais le temps, je ne sais plus ce que cela signifie.

C'est quoi, le temps, Patte Bleue ? Patte Bleue ?

Je ne le voyais plus. Il avait complètement disparu. Je maudissais toutes les légendes, parce que je ne voulais pas le perdre. Je ne voulais pas que l'histoire de Patte Bleue soit vraie. Je ne voulais pas qu'il me transforme en autre chose que moi-même. Mais c'était peut-être ce qu'il avait accompli en fin de compte : me transformer en moi-même.

Chapitre 12

La science
reste bouche bée

Je suis reparti chez moi, le cœur en misère. Ulu vint à Noël et ce fut un total enchantement. Louis tint promesse : pas une goutte d'alcool, et il ne se passait pas une journée sans qu'il arrête à la maison pour voir si on n'avait pas besoin de lui. Petit à petit, il se rendait indispensable.

Le traitement de ma mère a réussi. Enfin, pour le moment, tout laisse présager une guérison future. L'année scolaire est terminée et j'ai fini mon secondaire, héros d'aventure courtisé par Élise, mais peine perdue.

J'ai aligné cent sculptures que j'ai faites de Patte Bleue, étalant du même coup, enfin, je pense, du talent. Mon père a repris ses outils et est rapidement devenu un artisan très en demande. Ulu s'en vient en septembre, pour étudier dans le sud.

Dans l'avion qui m'emmène à Iqaluit, où je passerai l'été, j'espère que le vent annoncé n'empêchera pas l'avion d'atterrir. Que les probabilités ne viendront pas contrecarrer mes désirs. Il se pose, sans retard, sous un soleil qui fait briller les plumes d'un corbeau perché sur le toit de l'aéroport. L'escalier est approché et voilà, je sors, je reviens enfin.

Je vois immédiatement la forme qui attend en retrait de la piste. Je descends les marches à toute vitesse et, malgré mes performances au basket, je trouve que je ne cours pas assez vite. Il me bat mille fois :

— Patte Bleue !

Il saute dans mes bras. Ma légende me rejoint, ma chère, mon improbable, mon impossible légende poilue. Quelques minutes plus tard, mon chien près de moi et ma main dans celle d'Ulu, je ramasse ma valise sur le carrousel. Puis nous montons tous les trois dans le taxi d'Antoine.

— Bienvenue de nouveau dans le Grand Nord, mon gars. Ce sera…

— Cinq dollars, je sais.

— Non, c'est gratuit aujourd'hui.

Table des matières

Parus à la courte échelle, dans la collection Ado

Ginette Anfousse
Un terrible secret

Chrystine Brouillet
Série Natasha :
Un jeu dangereux
Un rendez-vous troublant
Un crime audacieux
Une plage trop chaude
Une nuit très longue

Denis Côté
Terminus cauchemar
Descente aux enfers
Les prédateurs de l'ombre
Les chemins de Mirlande

Série Les Inactifs :
L'arrivée des Inactifs
L'idole des Inactifs
La révolte des Inactifs
Le retour des Inactifs

Marie-Danielle Croteau
Lettre à Madeleine
Et si quelqu'un venait un jour

Série Anna :
Un vent de liberté
Un monde à la dérive
Un pas dans l'éternité

Sylvie Desrosiers
Le long silence
Les trois lieues

Série Paulette :
Quatre jours de liberté
Les cahiers d'Élisabeth

Véronique Drouin
Zeckie Zan

Série L'archipel des rêves :
L'île d'Aurélie
Aurélie et l'île de Zachary
Aurélie et la mémoire perdue

Magali Favre
Castor blanc, éternelle fugitive

Carole Fréchette
Carmen en fugue mineure
DO pour Dolorès

Marie-Chantale Gariépy
Un besoin de vengeance

Bertrand Gauthier
Série Sébastien Letendre :
La course à l'amour
Une chanson pour Gabriella

Charlotte Gingras
La liberté ? Connais pas…
La fille de la forêt

Marie-Francine Hébert
Série Léa :
Le cœur en bataille
Je t'aime, je te hais…
Sauve qui peut l'amour

Sylvain Meunier
Piercings sanglants

Achevé d'imprimer en juin 2008
sur les presses de
l'Imprimerie Gauvin,
Gatineau, Québec

L'intérieur de ce livre est imprimé sur
du papier certifié FSC, 100% recyclé.

Sources Mixtes
Groupe de produits issu de forêts bien
gérées et de bois ou fibres recyclés.
www.fsc.org Cert no. SGS-COC-2624
© 1996 Forest Stewardship Council
FSC